Medida por medida

Clásica
Teatro

WILLIAM
SHAKESPEARE

MEDIDA POR MEDIDA

Traducción y edición de Ángel-Luis Pujante

Edición revisada y actualizada

AUSTRAL

ESPASA

Título original: *Measure for Measure*

Espasa, un sello editorial de Editorial Planeta, S. A.
Avda. Diagonal, 662-664, 08034 Barcelona (España)
www.espasa.com
www.planetadelibros.com

Diseño de la colección: Compañía
Primera edición: 2004
Primera en esta presentación: junio de 2024

Depósito legal: B. 9.800-2024
ISBN: 978-84-670-7386-7
Composición: Realización-Planeta
Impresión y encuadernación: CPI Black Print
Printed in Spain - Impreso en España

Biografía

William Shakespeare (Stratford-upon-Avon, Inglaterra, 1564-1616) fue un dramaturgo y poeta inglés, considerado uno de los más grandes escritores de todos los tiempos. Hijo de un comerciante de lanas, se casó muy joven con una mujer mayor que él, Anne Hathaway. Se trasladó a Londres, donde adquirió fama y popularidad en su trabajo; primero bajo la protección del conde de Southampton, y más adelante en la compañía de teatro de la que él mismo fue copropietario, Lord Chamberlain's Men, que más tarde se llamó King's Men, cuando Jacobo I la tomó bajo su mecenazgo. Su obra es un compendio de los sentimientos, el dolor y las ambiciones del alma humana, donde destacan la fantasía y el sentido poético de sus comedias, y el detalle realista y el tratamiento de los personajes en sus grandes tragedias. De entre sus títulos cabe señalar *Hamlet*, *Romeo y Julieta*, *Otelo*, *El rey Lear*, *El sueño de una noche de verano*, *Antonio y Cleopatra*, *Julio César* y *La tempestad*. Su obra poética más conocida, *Sonetos*, está considerada una de las cumbres de la poesía universal. Shakespeare ocupa una posición única en la historia de la literatura por su extraordinario talento y por su originalidad, y sus obras siguen siendo leídas e interpretadas en todo el mundo.

ÍNDICE

INTRODUCCIÓN

I

En 1645 la Inquisición expurgó un ejemplar de la segunda edición de obras dramáticas de Shakespeare de 1632 propiedad del Colegio de Ingleses de Valladolid. El expurgo, llevado a cabo por un jesuita inglés, afectó a palabras y versos supuestamente contrarios a la moral y la doctrina católicas, sobre todo a los que podían considerarse ofensivos para la figura del papa o los religiosos de la Iglesia de Roma. En consecuencia, se tacharon diversos pasajes en catorce de las obras. Enfrentado a MEDIDA POR MEDIDA, el expurgador debió de ver que no le bastaría con tachar palabras y decidió arrancar todo el texto de la pieza[1]. Casi dos siglos después, el victoriano Thomas Bowdler, que preparaba una edición expurgada de obras de Shakespeare para

[1] El ejemplar fue adquirido en 1928 por el millonario H. C. Folger y se conserva en la Biblioteca Folger-Shakespeare de Washington D. C.

leer en familia, no sabía qué hacer con MEDIDA POR MEDIDA. Al final, optó por incluirla, pero no según el texto completo de Shakespeare, sino el de una célebre producción teatral en la que se habían suprimido algunas de las escenas y situaciones más embarazosas.

La crítica siempre ha observado que en MEDIDA POR MEDIDA la sexualidad tiene una presencia mucho más abierta y constante de lo que es habitual en Shakespeare e incluso ha mostrado que es en relación con ella como los personajes se definen[2]. Ahora bien, ni la sexualidad *per se* es el único tema de la obra, ni se puede decir que Shakespeare la defienda: más bien parece que la acepta sin condenarla, cuestionando el tópico del triunfo de la virtud sobre el vicio. Quizá por eso extrema el retrato de personajes como Angelo o Isabel que, atrapados en su rigidez moral y psicológica, provocan, ahora como antes, el rechazo de tantos lectores y espectadores. En una representación neoyorquina de 1985, el público estallaba de risa cuando Isabel, tras negarse horrorizada a entregarse a Angelo para salvar la vida de su hermano, exclamaba «Isabel, vive casta; hermano, morirás; / antes que un hermano está la castidad».

Sería más exacto decir que el tema de la sexualidad adquiere importancia en esta obra porque está inserto en el de la relación entre justicia y clemencia. A su vez, los temas se van manifestando en una acción dramática que deriva del plan concebido por el duque y que se plasma en una estructura bipartita inédita en Shakespeare hasta entonces. El resultado es una pieza com-

---

[2] Especialmente en los estudios de Hans Sachs y de Carolyn Brown. Para éstas y otras referencias, véase Bibliografía selecta, págs. 37-41.

pleja en la que, con los temas, se entremezclan géneros y estilos y se plantean cuestiones morales e intelectuales que el dramaturgo no resuelve o resuelve sólo parcialmente. Este problematismo ha originado hipótesis e interpretaciones muy variadas desde ópticas diversas: MEDIDA POR MEDIDA puede ser comedia negra o comedia experimental; obra católica o protestante, alegórica o realista; parábola evangélica o mero entretenimiento; denuncia de la nobleza o lección de tolerancia política, etc. Tal disparidad de opiniones confirmaría su condición de «obra-problema» por excelencia, es decir, aquella que no encaja en las categorías de género tradicionales, se presta a interpretaciones éticas opuestas y no permite determinar la intención del autor[3]. Sin embargo, MEDIDA POR MEDIDA destaca al respecto sobre las demás piezas de este grupo, y es posible que después de *Hamlet* no haya otra obra de Shakespeare que haya suscitado tantas y tan diversas preguntas e interpretaciones.

Al mismo tiempo, pocos pueden dudar de su gran interés y vitalidad, y el mundo del teatro ha sido especialmente sensible a ambos. A diferencia de otras obras-problema como *Troilo y Crésida*, que estuvo ausente de los escenarios hasta finales del siglo XIX y desde entonces no ha dejado de escenificarse, MEDIDA POR MEDIDA no es exactamente un descubrimiento teatral de

---

[3] Este concepto («problem play») viene aplicándose desde finales del siglo XIX a algunas obras de Shakespeare escritas entre 1601 y 1604, como, además de la que nos ocupa, *Troilo y Crésida* y *Todo bien si acaba bien*. La crítica más reciente discrepa de esta idea por entender que pocas de las obras del autor encajan exactamente en las categorías tradicionales.

nuestro tiempo. Sin embargo, es en nuestra época cuando más se la ha llevado a escena, hasta el punto de convertirla en una de las obras de Shakespeare más representadas. Su éxito escénico parece contradecir bastantes de las objeciones críticas que siempre se le han hecho: en el teatro no se advierten, o no se advierten tanto, los problemas que supuestamente encierra. Además, no es sólo que funcione bien en los escenarios, sino que algunas producciones contemporáneas le han encontrado una coherencia dramática que bastantes críticos venían buscando en vano.

II

El argumento central de MEDIDA POR MEDIDA se encontraba de forma rudimentaria en numerosos relatos populares antiguos, pero es en el siglo XVI cuando alcanzó expresión literaria y amplia difusión por toda Europa. En 1547 y desde Viena, un estudiante húngaro narraba en una carta la historia de un juez que propone a una suplicante que se entregue a él para salvar la vida de su esposo al que ha condenado a muerte, y añade que el caso se estaba contando en diversas versiones. En 1556 el francés Claude Rouillet dramatizó los hechos en su *Philanira*. Sin embargo, parece que Shakespeare leyó la historia en una de las novelas de los *Hecatommithi*, de Gianbattista Giraldi Cinthio (1565; traducidos al francés en 1583, en los que Shakespeare halló igualmente el relato de *Otelo*). Es posible que también conociera *Epitia*, la obra teatral del mismo autor basada en su propia novela y publicada en 1583. De Cintio deriva la dramatización que escribió George Whetstone con el título de *Promos and Cassandra* (1578), que sin duda es la fuente principal de Shakespeare.

En la novela de Cintio el emperador Maximiano nombra gobernador de Innsbruck a su amigo Juriste. Un día un joven llamado Vico es detenido por violación y, aunque dispuesto a casarse con la muchacha por él violada, es condenado a muerte «conforme a la ley de la ciudad». Epitia, hermana de Vico, de hermosa presencia y «agradable manera de hablar», suplica a Juriste que lo perdone. Éste, encendido del deseo, acepta conmutarle la pena a condición de que ella se le entregue, dándole esperanzas de matrimonio. Epitia acepta, pero a la mañana siguiente Vico es ejecutado. Destrozada, acude al emperador y denuncia a Juriste. Se dispone un careo y Juriste confiesa la verdad. El emperador Maximiano le ordena que se case con ella y a continuación le condena a muerte. Conocida la sentencia, Epitia suplica al emperador que le perdone la vida. Conmovido por la súplica, Maximiano lo perdona, y Epitia y Juriste viven felices el resto de sus días.

Como puede verse, Cintio comienza su historia con el nombramiento del nuevo gobernador y hace a la suplicante hermana y no esposa del condenado, aspectos ambos que pasarán al drama de Whetstone y de ahí a MEDIDA POR MEDIDA. En general, Shakespeare pudo hallar en la novela de Cintio los ingredientes básicos para su obra, aunque, como es evidente, alteró importantes aspectos: así, en Shakespeare el nombramiento de Angelo es el inicio de un plan preconcebido; Isabel finge aceptar la propuesta de Angelo, pero no se le entrega, y aunque después suplica por su vida, no se casa con él; en cuanto al hermano, a Claudio no se le condena por violación, sino por «fornicación», y salva la vida mediante un subterfugio.

Respecto a *Promos and Cassandra*, la división en dos partes de esta obra pudo sugerir a Shakespeare la estructura bipartita de MEDIDA POR MEDIDA, y la presencia en ella de una trama secundaria debió de inspirarle el mundillo perdulario de Lucio, Pompeyo y doña Regozada. Shakespeare también toma de esta pieza la idea, explícita en Whetstone, de que la condena del hermano está basada en una ley muy rigurosa que los jueces anteriores no aplicaban. En cuanto a la condición del gobernante (Promos) para perdonar al condenado (Andrugio), es la misma que en Cintio, y la hermana (Cassandra) la acepta. Una vez satisfecho su placer, Promos manda ejecutar a Andrugio y enviarle a Cassandra su cabeza, pero en Whetstone el carcelero, indignado por la lujuria de Promos, libera a Andrugio y manda la cabeza de un recién ajusticiado que podría pasar por su hermano (detalles que Shakespeare incorpora con algunas modificaciones). El desenlace es parecido al de Cintio, con la diferencia de que, además de Cassandra, su hermano disfrazado también suplica al rey que perdone a Promos.

En general, Shakespeare da a la historia más cohesión que Whetstone y bastante más que Cintio, sobre todo interrelacionando más estrechamente que cualquiera de ellos las distintas partes del argumento. Sin embargo, es en las circunstancias y en la concepción de los personajes donde más se aprecian los cambios que introduce el dramaturgo. Así, aunque Claudio es acusado de fornicación (no de violación), Shakespeare añade el motivo de los esponsales, por los que Julieta es «en firme» la esposa de Claudio, a falta solamente de la ceremonia eclesiástica. Siendo así, su condena a muerte por parte de Angelo no puede parecer sino excesiva y cruel[4], y, en consecuencia, la hipocresía de éste al hacerle a Isabel el chantaje sexual es bastante mayor que en el gobernador corrupto de Cintio o de Whetstone. En cuanto a la suplicante, Shakespeare la convierte en novicia y no sólo en hermana soltera del condenado, de suerte que su conflicto sea más dramático y extremo que en las versiones de sus antecesores. Isabel no sólo se dispone a renunciar al mundo, sino que siente una profunda aversión al sexo, lo que no era el caso de Epitia ni de Cassandra.

Shakespeare da a sus personajes principales un realismo más intenso que sus predecesores, al menos en la primera parte. Sin embargo, el carácter novelesco de las versiones previas no sólo se mantiene, sino que en cierto modo se acentúa. A ello contribuirá decisivamente el personaje del duque, sin duda la mayor innovación de Shakespeare. Si en las versiones anteriores el emperador o el rey sólo aparece al final cuando se le requiere, el duque tiene presencia en Shakespeare ya desde el principio. Su renuncia temporal al poder y su nombramiento de Angelo responden a un plan o experimento plenamente intencionado por el que siempre puede observar la acción de cerca, pasar activamente a primer plano cuando el conflicto lo exige, mover las piezas necesarias y dar la solución final a los problemas planteados. En suma, la historia original que Sha-

---

[4] El rigor de Angelo tuvo que parecer inadmisible al público de Shakespeare, por cuanto niega la validez de los esponsales, que seguían siendo práctica común en la Inglaterra protestante. Véanse al respecto págs. 24-25.

kespeare utiliza se modifica sustancialmente al ser presentada como resultado de un plan preconcebido. Como se explicará a continuación, es el protagonismo que el autor le da al duque lo que marca la singularidad de la obra.

III

MEDIDA POR MEDIDA se estrena en 1604, coincidiendo con los inicios del reinado de Jaime I Estuardo. Es un momento en que el teatro inglés está pasando por una etapa de experimentación e innovación. Después de *Noche de Reyes* (1601), el mismo Shakespeare ya no escribirá más comedias de amor, sino tragicomedias. Dentro de este género, Shakespeare parece atraído por las posibilidades dramáticas de la llamada «comedia de perdón», en la que, de modo paradójico, se llega al final feliz tras perdonar a un personaje hostil o malvado. Shakespeare volverá a ella en las tragicomedias romancescas de su etapa final (*Pericles*, *Cimbelino, El cuento de invierno* y *La tempestad*). De hecho, MEDIDA POR MEDIDA prefigura las dos últimas en algunos aspectos significativos que se comentarán más adelante.

La difusión de la nueva tragicomedia estuvo influida por el ejemplo de Giovanni Battista Guarini (1538-1612), tanto en su obra *Il pastor Fido* (1590) como en su *Compendio della poesia tragicomica* (1601). Para Guarini la tragicomedia debe partir de una situación virtualmente trágica que, con la incorporación paulatina y armónica de elementos de comedia, lleve a una conclusión feliz, a ser posible con alguna sorpresa o giro inesperado. Aunque Shakespeare no hubiera leído a Guarini, las ideas de éste eran conocidas y pudieron estimular la composición de MEDIDA POR MEDIDA. Si desde sus comienzos Shakespeare tendió a mezclar elementos dispares en sus obras, la tragicomedia le brindó la oportunidad de experimentar nuevas combinaciones de seriedad y comicidad. El conflicto entre Isabel y Angelo los convierte en personajes potencialmente trágicos, pero la complejidad de la intriga contribuye al final feliz, en el que no falta la sorpresa recomendada por Guarini: el ofrecimiento de matrimonio que el duque hace a la novicia Isabel.

Por otra parte, y como ha argumentado T. F. Wharton, es en los inicios del reinado de Jaime I cuando los dramaturgos ingleses muestran por vez primera un interés en el teatro de experimentación moral. Los protagonistas pueden estar movidos por el poder o el dinero, pero su motivo principal es la curiosidad: quieren averiguar si la inocencia es real o fingida y conciben pruebas para medir la inocencia propia y ajena. De 1604 es también la tragicomedia de John Marston *The malcontent* (*El descontento*), en la que el depuesto duque Altofronto se disfraza de cínico y experimenta diversos medios para poner a prueba a los demás y recuperar su ducado. No podemos saber si esta obra influyó en la composición de MEDIDA POR MEDIDA y, en todo caso, las situaciones dramáticas no son exactamente las mismas. Pero, aparte de la idea del gobernante disfrazado, por lo demás bastante antigua, en los protagonistas de ambas hay un elemento de curiosidad experimental y, si al final de *The malcontent* el duque Altofronto recupera su ducado, al final de MEDIDA POR MEDIDA el duque ha reforzado enormemente su poder. Los fines de uno y otro son legítimos, pero sus medios son o pueden ser cuestionables (ambos manipulan a los demás personajes a su antojo). Como observa Wharton, el duque de Shakespeare no está unido personalmente a los personajes con los que experimenta, lo que hace que su experimento sea aún más «científico». Es curioso que el duque de Shakespeare se llame Vincentio, que significa «victorioso»: no cabe duda de que es el gran ganador de la acción que él mismo pone en marcha.

Conviene resaltar el carácter especulativo e intelectual de MEDIDA POR MEDIDA porque a menudo el tratamiento demasiado humano de los personajes en la primera parte ha llevado a olvidar el punto de partida y el planteamiento y desarrollo generales. Se puede entender que el curso de la acción en la segunda parte no guste a todos, pero debe aceptarse que responde a un plan cuidadosamente concebido y desplegado desde el comienzo: si el duque ha decidido ausentarse delegando su poder en Angelo, ¿qué puede pasar? Al menos en este sentido, MEDIDA POR MEDIDA tiene más en común con comedias como *Lisístrata* de Aristófanes o *Volpone* de Ben Jonson (aunque no comparta su vena satírica) que con las obras anteriores de Shakespeare. Ambas obras responden a preguntas hipotéticas: la primera, qué pasaría si las esposas de los guerreros atenienses y espartanos decidieran hacerles un chantaje sexual a sus maridos para terminar la guerra; la segunda, qué ocurriría si un hombre rico se fingiese enfermo de muerte para poner a prueba a sus conocidos. Es una fórmula característica de la literatura de ideas de todos los tiempos. Por otro lado, cuando se opta por protagonistas «experimentadores» como el duque, se corre el riesgo de crear personajes meramente simbólicos y acartonados. En el duque de Shakespeare hay algo de ello: al final de la obra Angelo observa que ha seguido sus pasos como un «poder divino». Hay momentos en que el duque se expresa en el tono pomposo y envarado de un personaje alegórico (por ejemplo, al final de III.i). Sin embargo, Shakespeare le ha dado un tratamiento ambiguo.

Siguiendo a otros estudiosos de la obra, Ernest Schanzer ha mostrado el paralelo entre el duque Vincentio y el rey Jaime I. Shakespeare habría escrito una obra sobre temas que eran de interés del rey, especialmente demostrados en su *Basilikon Doron* (publicado en 1598): la preocupación renacentista por el buen gobierno y el buen gobernante, las ventajas de la clemencia y la equidad sobre la aplicación rigurosa de la ley, la crítica de las novedades (expresada por el duque disfrazado en III.i), su preocupación por las injurias y calumnias a los príncipes. En cuanto a las primeras, incluso se ha observado que el rey Jaime propendía a una aplicación tajante del castigo o el perdón, lo cual coincide con lo que el duque disfrazado se atribuye en IV.ii: «¿Cómo es que el duque ausente no lo ha puesto en libertad o ejecutado [a Bernardino]? Según tengo entendido, es lo que hacía». Si esta práctica del duque se basa en la del rey Jaime, parece que también lo manifiesta en la escena final, donde el perdón concedido parece más una amnistía que una atenuación de las penas. Por último, el duque se acusa al principio de excesiva permisividad, como también reconocía de sí mismo el rey Jaime en su *Basilikon Doron*.

Sin embargo, es dudoso que el duque sea un retrato idealizado del rey Jaime o, si lo es, que su presentación sea halagadora. Como se ha apuntado, el duque tiene algo de pomposo, de ridículo y aun de picajoso. La seguridad con la que emprende sus acciones se ve frustrada en más de una ocasión, y una de las funciones de Lucio es la de rebajar la alta imagen que tiene de sí mismo, que el duque reivindica con manifiesta vanidad[5]. Por eso al final se muestra con él más vengativo que clemente y se resiste a perdonarlo. Es posible que estas debilidades personales del duque respondan a una intención de caracterizarlo de tal modo que no resulte un personaje alegórico plano.

Por otra parte, el duque prefigura al famoso Próspero de *La tempestad* en el sentido de que su plan marca el curso de la acción y dispone la suerte de los demás. Con su afición a experimentar, idear y tramar, el duque es el personaje que Shakespeare manipula para que manipule a los demás y al que convierte en dramaturgo y director de escena de la obra que él mismo ha inventado, donde no faltan los obstáculos que tendrá que ir sorteando y superando.

IV

El experimento especulativo del duque es también un experimento dramatúrgico. La acción de MEDIDA POR MEDIDA cambia perceptiblemente en mitad de III.i, cuando el duque decide intervenir tras escuchar oculto la dramática conversación de Claudio e Isabel. Del verso se pasa a la prosa y con el cambio narrativo viene también una variación de tono. Este hecho ha sido cen-

[5] Lucio es una especie de bufón: a lo largo de la obra, y especialmente al final, asume el privilegio de decir en voz alta lo que podría costarle caro a otro.

surado o deplorado por algunos críticos. Incluso se ha llegado a pensar que Shakespeare flaqueó o perdió interés en su creación o capacidad para plasmarla. Sin embargo, muchos de ellos reconocen que el quinto y último acto está concebido y realizado magistralmente.

Bernard Beckerman nos recuerda que la elevación de las pasiones que observamos en la primera mitad de MEDIDA POR MEDIDA se atiene al mismo esquema de las tragedias de Shakespeare. Así, en *Julio César* la conjura contra César alcanza su pleno desarrollo en el asesinato y el funeral del dictador, lo que sucede en el tercer acto; a partir de éste, la acción cambia de rumbo. Podemos observar algo semejante en *Macbeth* y en *El rey Lear*: es también tras el tercer acto cuando cambia la acción, después de que sus protagonistas han alcanzado estados afectivos y mentales que los llevan, respectivamente, del miedo a la monstruosidad y de la cordura a la locura. Hay, por supuesto, diferencias entre las tragedias y las tragicomedias, pero, al menos en el caso de MEDIDA POR MEDIDA, la división de la acción en dos partes no puede considerarse sino como una decisión artística plenamente deliberada.

Con esta estructura en forma de díptico, la obra prefigura otra tragicomedia de la última etapa de Shakespeare, *El cuento de invierno*, que consta de dos partes separadas por un intervalo de dieciséis años. La primera trata de los celos trágicos de Leontes y acaba en destrucción; la segunda, en cuyo comienzo ya se inicia la renovación, incorpora una historia romántica y pastoril que lleva a la recuperación del amor perdido. Por tanto, en MEDIDA POR MEDIDA Shakespeare estaría experimentando una estructura que desarrollaría plenamente en *El cuento de invierno*. Como sugiere Beckerman, a plasmar esta estructura contribuye decisivamente, en una y otra obra, la alternancia de verso y prosa.

Cuando decide intervenir en mitad del tercer acto para salvar la situación, el duque ciertamente pasa por primera vez de verso a prosa. Sin embargo, la prosa ha estado ya presente en la segunda escena y reaparece en la larga escena primera del acto segundo. Precisemos que no se trata tanto de una cuestión técnica de cambio de medio expresivo como de mostrar una alternancia de situaciones y personajes. Estas escenas en prosa nos presentan el ambiente popular y cómico de Pompeyo, Espuma, Lucio y doña Regozada. El cambio en mitad de III.i es evidente, pero también es cierto que a través de esas escenas Shakespeare nos ha preparado para el paso a la segunda parte. Examinemos el desarrollo de la acción.

V

MEDIDA POR MEDIDA comienza con la despedida del duque tras nombrar a Angelo su representante plenipotenciario. Ya en esta primera escena el duque nos da la impresión de ser un gobernante reservado, distante y nada populista, quizá amante del retiro y del estudio. Recordemos igualmente que, aunque luego el duque parezca más defensor de la clemencia que del rigor de la ley, al despedirse les da margen a Angelo y a Escalo para «apretar o relajar las leyes / según juzgue vuestra alma».

Esta libertad de acción se aplica de inmediato en la siguiente escena: según la proclama de Angelo, los burdeles de las afueras de Viena van a ser derribados y Claudio es detenido por «lujuria» y condenado a muerte. El contexto en el que se da la noticia es el indicado para transmitir asombro y temor, y sobre todo, incongruencia: un diálogo cómico de «señores», supuestamente clientes de burdel, que dan por supuestas y normales la sexualidad y aun la misma sífilis, al que se une la alcahueta y después su mozo de taberna/alcahuete. La diferencia entre el antes y el ahora la confirma a continuación el propio Claudio, que explica su caso en un tono más amargo: ha dejado encinta a Julieta, pero ésta es «en firme» su esposa, ya que ambos se prometieron formalmente en ceremonia de esponsales (que tenía valor legal y vinculante), a falta sólo de la boda por la iglesia, lo que se retrasó por razones de la dote. Inicialmente parece que Claudio se inculpa y admite su delito (la «excesiva libertad»: un mal que da sed «como a ratas que devoran su veneno, [...], y beber nos trae la muerte»), pero pronto vemos que censura el rigorismo de Angelo y su extrema impaciencia por castigar el vicio y demostrar su poder[6]. En nuestros días no es difícil ponerse del lado de Claudio y oponerse a Angelo y sus prácticas, pero el público de Shakespeare no pudo tener una reacción muy distinta de la nuestra.

Tal como el autor presenta los hechos, se puede inferir que en esa Viena de burdeles y alcahuetes habría sido fácil encontrar a otro más culpable. Observa Hans Sachs que Claudio es el transgresor más inocente que entra en el ámbito de la ley y que su transgresión fue

---

[6] El lenguaje de la obra es muy metafórico y ambiguo. Véase al respecto Nota preliminar, págs. 43-46.

cometida antes de que Angelo «desempolvara» una ley «enmohecida» en la que basar su castigo. Teniendo en cuenta que en la época de Shakespeare la zona del ocio popular londinense, situada fuera del centro, estaba ocupada indistintamente por teatros y burdeles, es inevitable no asociar la Viena disipada de MEDIDA POR MEDIDA con ese Londres que Shakespeare conocía tan bien. Si la obra fue representada en el teatro y no sólo en la corte[7], se supone que el asombro de los personajes al conocer las medidas de Angelo sería también el del público. Otra de las razones de esta previsible respuesta (que no se limitaría al público del teatro) estaría en la negación implícita de la legalidad de los esponsales.

En la Inglaterra de la época esta ceremonia civil, de uso común, era equiparable al matrimonio, y hay testimonios de que las parejas así comprometidas ya se trataban de esposos (como hace Claudio con Julieta). Es muy probable que el propio Shakespeare, padre de su primera hija a los seis meses de su boda, se prometiera en esponsales antes de casarse por la iglesia. Es más, el reconocimiento social y jurídico de este matrimonio de mutuo acuerdo continuó en Inglaterra hasta el «Marriage Act» de 1753. La única oposición a este uso provenía de los puritanos, que condenaban toda práctica sexual fuera del matrimonio eclesiástico (y algunos querían castigarla con la muerte), y de la Iglesia católica, que lo había prohibido expresamente en el Concilio de Trento (1563).

Parece claro que Shakespeare quiere identificar a Angelo con los puritanos. En el original se alude a él

---

[7] Véase Nota preliminar, págs. 43-46.

como «precise» (riguroso, rigorista), que es como se los llamaba en la Inglaterra isabelina y jacobea, y se le hace, como ellos, enemigo del placer. Además, al incorporar el motivo de los esponsales y su validez jurídica, Shakespeare crea una situación que luego le permitirá comparar a Angelo con Claudio y mostrar así su cruel hipocresía. Sin embargo, el escenario de la obra es ambivalente: si, por un lado, sus personajes populares recuerdan a los del Londres de la época y Angelo parece un puritano inglés, la Viena de Shakespeare es sin duda una ciudad católica donde numerosos personajes tienen nombres italianos y en la que un decreto tridentino contra los esponsales sería más comprensible que en la Inglaterra de la época. Si en la versión de Whetstone que utilizó Shakespeare la acción transcurre en Hungría, que favoreció la causa protestante, en MEDIDA POR MEDIDA debía desarrollarse en la Austria católica, como en la anterior versión de Cintio. Para no dejar lugar a dudas y con la vista puesta en la respuesta de su público, Shakespeare añade la presencia en la obra de monjas, frailes y conventos, que ya habían desaparecido o estaban muy mermados en Inglaterra tras la Reforma protestante.

VI

En la tercera escena el duque confirma su afición a la vida retirada y asegura, entre afectado y pomposo, que «el endeble dardo del amor / [no] puede traspasar un pecho armado». Dice que no piensa viajar a Polonia, como ha hecho correr entre la gente; atribuye el desenfreno en Viena a su permisividad y, tras catorce años de laxitud, no se siente en condiciones de imponer ningún castigo. Por eso ha delegado su poder en Angelo, quien, al abrigo de su nombre, podrá castigar «sin que su acción traiga el desprestigio» a la persona del duque.

La idea de delegar en otro las tareas impopulares suena a maquiavélica y, desde luego, Maquiavelo menciona en su *Príncipe* el caso de César Borgia, que nombró a un hombre sin escrúpulos para que impusiera la ley y el orden en su desordenada provincia. Sin embargo, tal noción es antigua: Aristóteles recomendaba que el gobernante confiriese honores en persona, «pero los castigos, por medio de distintos magistrados y tribunales»[8]. Maquiavélico o no, el plan del duque es muy político. Además, disfrazado de fraile se dispone a observar de cerca a Angelo. Sus fines podrán ser justos, pero Shakespeare no le oculta su capacidad para el secretismo, el espionaje y la intriga, y de este modo nos prepara para sus posteriores acciones, especialmente su intervención en la segunda parte.

Al final de la escena el duque se despide anunciando más explicaciones, pero dando una decisiva: no se fía o duda del «riguroso» Angelo, de quien dice que «admite mal / que le fluye la sangre o que le apetece / más el pan que la piedra». Por eso quiere ver si el poder delegado le corrompe y si Angelo es lo que parece o aparenta. Como vemos, en la escena anterior Shakespeare ha suscitado una imagen hostil de Angelo, de quien ahora sabemos que es la pieza principal del ex-

---

[8] Aristóteles, *Política* (trad. C. García Gual y A. Pérez Jiménez), Alianza, Madrid, 1986, pág. 222.

perimento del duque. El retrato que éste hace de él se ve confirmado en la escena siguiente, cuando Lucio dice de Angelo que su sangre es «nieve líquida» y, más adelante, que «cuando orina, sale hielo».

Tras esta preparación, vemos a Angelo directamente como juez y gobernante al comienzo del segundo acto. Su conversación con Escalo, que muestra el contraste entre ambos, confirma que para Angelo la ley no es letra muerta: hay que aplicarla y, por tanto, condenar a Claudio. Escalo, partidario de medidas menos drásticas, le plantea a Angelo la posibilidad de que él también podría haber «errado» si hubiera estado en circunstancias semejantes a las de Claudio. Pero Angelo sabe que él no ha transgredido y que, en todo caso, el curso de la ley es impersonal. Admite que un ladrón podría juzgar a otro, pero mientras ello sea una hipótesis y no un hecho, ¿por qué preocuparse? Como él dice, la justicia se atiene a lo que le es palpable. Al considerarse un mero agente de la ley, podrá luego decirle a Isabel: «Es la ley, no yo, quien condena a vuestro hermano». El lado personal y moral queda excluido.

Dejando aparte la petulancia personal con la que Angelo defiende la impersonalidad de la ley, es cierto que la justicia suele operar según principios semejantes a los de Angelo. Un juez debe juzgar con toda la equidad posible, pero tiene que aplicar la ley, por severa que ésta sea: *Dura lex, sed lex.* La necesidad de este principio se defiende por el beneficio objetivo que reporta a la sociedad, cuyos intereses están por encima de la conciencia personal del juez o gobernante. El propio Escalo, que lamenta la condena de Claudio, admite la importancia de este principio cuando dice que «el perdón es padre de nuevas tristezas». El duque, cuando decide intervenir, lo hace ante la situación surgida entre Isabel y Angelo, y no sólo por salvar a Claudio: no se opone a su condena y defiende la necesidad de aplicar la ley por razones de interés público. Shakespeare nos predispone contra Angelo, pero no hace de él un personaje plano o un infame de cartón piedra: al igual que a otros malvados de sus obras, le da un punto de vista. En este sentido y, mientras no se corrompe, Angelo es rígido, pero responsable, y por eso le ha parecido a un crítico (Nuttall) que vale por muchos duques.

Sin embargo, una cosa es hacer una consideración objetiva semejante y otra, especialmente en el teatro, seguir el rápido movimiento de la acción, con situaciones y personajes concretos que suscitan respuestas de aceptación o rechazo. Así, aunque la actitud de Angelo en estas escenas pueda ser jurídicamente irreprochable, Shakespeare nos lo muestra cada vez más insufrible: orgulloso y agresivo con sus subordinados, está siempre a punto de reproches o amenazas y no tiene paciencia con el juicio de Pompeyo, que deja en manos de Escalo deseando que encuentre causa para azotar a los detenidos. Escalo, en cambio, tiene con ellos una paciencia infinita y los despacha sin azotarlos.

VII

Esta estrategia de presentación puede ser una forma de sugerir que Angelo merece ser puesto en el lugar de Claudio para ver si resiste y no cae en su misma falta. Lucio dice de él que «no responde / al aguijón voluptuoso del sentido», que es más o menos como Angelo se ve a sí mismo al afirmar que una cosa es ser tentado y otra, caer. Pero Angelo cae, e irónicamente ante la casta Isabel, una novicia que, desde su primera aparición, se nos antoja su equivalente femenino. Ya en sus primeras palabras Isabel desea más austeridad en las reglas de la orden en la que se propone ingresar y, cuando comparece ante Angelo, afirma que detesta más que nada el vicio de la carne, al que le desea «el golpe de la ley».

Angelo acaba, pues, en el lugar de Claudio (aunque no de la manera como Isabel le pide o espera), y siente horror al descubrir que tiene instintos sexuales que no es capaz de refrenar y, lo que es peor, que lo llevan a la corrupción y la ignominia. La situación así creada da respuesta a una pregunta concreta implícita en el plan general del duque: ¿Qué pasa si, después de todo, Angelo no es distinto de Claudio y piensa cometer el mismo delito por el que condena al transgresor? Sabiendo hasta dónde ha llegado Angelo, sólo cabe preguntar de nuevo: ¿está en condiciones este juez de juzgar y condenar como lo hace? La respuesta queda muy clara al final del tercer acto en las palabras del duque: «Si su vida responde al rigor de sus métodos, le irá bien; como falle, se ha sentenciado».

La negativa de Isabel a la vil proposición de Angelo siempre ha originado respuestas muy adversas en lectores y espectadores, especialmente en nuestros tiempos. Los críticos nos recuerdan que las suplicantes de las versiones anteriores en las que Shakespeare se basó sí que se entregan para salvar a su hermano. Olvidan, sin embargo, que Shakespeare optó conscientemente por convertir a la hermana suplicante en novicia hostil al sexo con el fin de llevarla a un conflicto insoluble[9], al enfrentamiento con su hermano y de ahí a la intervención del duque. Tal como el autor la presenta, podemos comprender el angustioso dilema en que se halla, por más que no compartamos su reacción. Al fin y al cabo, nos ponemos de su parte, o al menos la comprendemos, siquiera sea porque la vemos sometida a un chantaje indigno.

Sin embargo, su posterior diálogo con Claudio nos enajena toda comprensión. Recuérdese que el duque, disfrazado de fraile e ignorante de la proposición de Angelo, ha consolado a Claudio ante su muerte con un parlamento, más pagano que cristiano, en el que propone el desprecio a la muerte a través del desprecio a la vida: incluso es posible observar que no contiene ningún argumento religioso (ni una palabra sobre la esperanza de la gloria eterna o sobre la sumisión a la voluntad de Dios). Claudio lo acepta resignado, pero entonces entra Isabel diciéndole que se prepare para la otra vida, porque ella se niega a entregarse a Angelo. La reacción de Claudio, que parecía aceptar su suerte, es ahora desesperada e histérica, como expresa en su famoso parlamento sobre el horror al más allá. Ante ella, Isabel no sólo no le ofrece ningún consuelo, sino que le desea la muerte. Después de hacerla víctima, Shakespeare la lleva al extremo opuesto, haciendo que contradiga su vocación cristiana y mostrando que, defendida a muerte, la castidad acaba en perversión. Y es aquí cuando interviene el duque.

---

[9] Tal como adelanté al tratar el género de la obra (véase pág. 10), Isabel es un personaje potencialmente trágico, como acaba siéndolo Angelo al darse cuenta, en sus dos primeros monólogos, del pozo de corrupción en que ha caído.

VIII

La segunda parte de la obra nos distancia del conflicto, relaja la tensión creada en la primera y da paso a situaciones más propias de comedia, aunque sean de comedia negra. Al pasar activamente a un primer plano, el duque va a ser más revelador, tanto en lo que atañe a Angelo, como en lo que hace a su carácter: si antes ya vimos en él cierto orgullo de su castidad, ahora no sólo le vemos condenar el vicio, sino picarse cuando, disfrazado de fraile, oye que Lucio le atribuye «antojos» sexuales, y por cierto bastante retorcidos. Sin duda, no podemos tomar en serio a Lucio, pero lo que vamos advirtiendo es que un duque que se declara casto (y quizá misógino) y al final le propone el matrimonio a Isabel presenta cierto paralelo con Angelo, al creerse capaz de resistir tentaciones en las que luego cae. Quizá sea por estas flaquezas por lo que Shakespeare le hace interesarse por la opinión que de él tiene Escalo, para quien el duque «pugnaba sobre todo por conocerse».

Sin embargo, es el paralelo entre Angelo y Claudio el que de modo manifiesto revela nuevos hechos que hacen a Angelo aún más odioso: no sólo ha condenado a muerte a Claudio por lo mismo en lo que él cae después, sino que, habiéndose prometido también en esponsales, rechaza a Mariana ruinmente por no aportar dote y, peor aún, se justifica alegando «testimonios de indecencia contra ella». Sustituyendo a Isabel por Mariana como amante de Angelo, el duque no sólo intentará salvar a Claudio, sino reparar la ofensa infligida a Mariana.

La sustitución de una por otra puede criticarse por novelesca, como se ha hecho, al igual que puede parecer incongruente el que Isabel, después de una escena de histeria antisexual, acepte tan pronto y tan gustosa el plan del duque. La incorporación de Mariana es un recurso inspirado en un relato de Boccaccio, que Shakespeare ya usó antes en su otra obra-problema *Todo bien si acaba bien*[10]. Sin embargo, Mariana no es un mero personaje de recambio: Shakespeare hace de ella la mujer que, sin sentir rencor por Angelo, sigue queriéndolo devotamente y más tarde suplicará que sea indultado. En cuanto a Isabel, la sustitución, al permitirle mantenerse casta sin haber aún profesado, la dejará en condiciones de aceptar el matrimonio que le ofrece el duque. Si admite tal sustitución de modo incongruente, habría que añadir que la incongruencia empieza en la proposición del duque disfrazado de fraile: con un público protestante como el de Shakespeare, que entonces aceptaba la validez jurídica de los esponsales, proponer que Mariana se una sexualmente al hombre que se había comprometido a desposarla podría ser aceptable y, por tanto, hacer comprensible la conformidad de Isabel. Por eso le dice el duque-fraile a Mariana que su entrega a Angelo no es pecado, puesto que él es su esposo «por su compromiso». Pero es un fraile católico el que así habla y es una novicia católica quien asiente, lo que histórica y culturalmente sería contradictorio[11]. No es, pues, esta clase de rigor la prioridad de Shakespeare, sino más bien la de sacar el mayor partido dramático empleando de modo ambivalente los supuestos de ambas religiones.

---

[10] Se cree que Shakespeare escribió esta obra al menos un año antes que *Medida por medida*, si bien otros estiman que es posterior.

[11] Véase al respecto lo dicho en págs. 23-25.

La comedia del acto cuarto ha parecido kafkiana, surrealista o absurdista, y en ella no faltan toques como el de Pompeyo pidiendo al durmiente Bernardino que tenga la bondad de levantarse para que lo ejecuten, que ya dormirá luego. En MEDIDA POR MEDIDA nadie quiere morir y, valga la paradoja, sólo muere el que ya había muerto (el pirata cuya cabeza servirá para engañar a Angelo). Claudio le pedía a Isabel desesperadamente que le permitiera vivir; Pompeyo le decía a Escalo que él sólo era un pobre hombre que quería vivir y ahora Bernardino se niega de plano a morir, en un gesto que deja desarmado al duque. En efecto, la negativa de Bernardino es otro revés más. Primero se ve burlado y calumniado por Lucio; después, conoce la traición de Angelo. Al final tiene que resignarse a la providencial «coincidencia» de que hay un preso recién muerto que puede servirle.

En esta parte de la obra hay bastantes señales de que la acción avanza hacia una solución feliz, pero lo que va a ir sucediendo tampoco parece responder exactamente a los planes del duque: éste le pide a Isabel que se vengue de Angelo, no que lo perdone, como luego sucede. Shakespeare, que ha creado en el duque al manipulador de la acción, evita hacer de él un personaje omnipotente e infalible y le adjudica flaquezas y fracasos que le permitirán a él y a los demás conocerse a sí mismos y entender lo que significa la clemencia.

IX

La extensa escena final recapitula los temas principales de la obra y da solución a los problemas en lo que constituye una sucesión de juicios individuales. Es una de las más teatrales del autor, y su eficacia escénica se basa en buena parte en su ironía (sabemos que Claudio no ha muerto) y en las novedades inesperadas. Inicialmente retraído, el duque regresa a Viena levantando un gran tablado público del que es el máximo protagonista.

Al principio, Isabel acusa a Angelo y de este modo es puesta a prueba. Por el contexto dramático creado al inicio de la escena podemos ver que el duque se ha propuesto dar una falsa seguridad a Angelo. Por eso descalifica a Isabel y rechaza su súplica. Sin embargo, él mismo abre la puerta que le lleva a otros recursos (la supuesta instigación del «fraile», al que se mandará buscar). La siguiente prueba queda en manos de Angelo y Escalo, que seguirán juzgando sin el duque las supuestas calumnias de Isabel tras el testimonio y revelación de Mariana, y concluye con la entrada e identificación del «fraile» instigador. Importa recordar aquí la manera como Lucio ha ido cobrando protagonismo cómico en esta escena a través de sus interrupciones e impertinencias hasta convertirse en testigo imprescindible para Escalo y Angelo. Y si antes calumniaba al duque ante el fraile, ahora calumnia al fraile ante todos. Este atrevimiento suyo es lo que le lleva a levantarle la capucha al «fraile» y descubrir en él al duque. De ahí se pasa a la tercera parte, en la que el duque actúa de juez y de testigo y con la que se concluye el juicio.

El final de MEDIDA POR MEDIDA no resiste un análisis jurídico o procedimental y plantea problemas éticos que no se resuelven. Su verdad está más bien en su convicción dramática. ¿Cómo, si no, puede aceptarse que el duque siga haciendo creer a Isabel que Claudio ha muerto? Porque dramáticamente es necesario que la novicia Isabel, creyendo que su hermano ya no vive, pueda por fin mostrar clemencia y practicar el perdón cristiano, es decir, el perdón a su enemigo. Es entonces (se supone que entonces: el texto no es explícito) cuando el duque ordena traer a Claudio.

Uno de los rasgos más llamativos del final de la escena es el silencio de Isabel, Mariana, Angelo, Claudio y el propio Bernardino, que queda a la interpretación de lectores y directores de escena. No es posible entrar aquí en las diversas soluciones escénicas que pueden darse (y hay tantas como producciones) para, si así se decide, reemplazar tales silencios, o algunos de ellos, por la acción significativa que se decida. Sin embargo, el de Isabel es intrigante, porque puede interpretarse indistintamente como asentimiento o rechazo a la proposición del duque según vaya o no acompañado de algún gesto corporal. ¿Y qué decir del silencio de Claudio o del de Bernardino? ¿Y cómo se supone que salen de la escena estos personajes silenciosos?

La posible respuesta a estas preguntas está asociada a la lectura que pueda hacerse del final. En principio, parece que se impone la clemencia y que, como ya apuntamos, la obra acaba en una especie de amnistía. No obstante, poco antes del perdón, el duque insistía vehemente y literalmente en hacer pagar igual por igual y «medida por medida». El título se basa en una idea, recogida en tres de los Evangelios, según la cual seremos juzgados con el juicio con que juzguemos y medidos con la medida con que midamos[12]. Sin embargo, tal noción recuerda inevitablemente la de «ojo por ojo

---

[12] Véase San Mateo 7.2, San Marcos 4.24 y San Lucas 6.38.

y diente por diente», que pertenece más bien a la ética del Antiguo Testamento y con la que parece que el duque quiere condenar a muerte a Angelo. Por supuesto, no lo hace, y al menos en este sentido sí puede hablarse de clemencia (aunque el perdón a Lucio, muy frenado por piques personales, se concede muy a regañadientes).

Con todo, es tal la humillación pública a la que es sometido Angelo que sus últimas palabras en la obra son para ansiar la muerte antes que el perdón. Luego ya no habla. La última referencia al personaje la hace el duque, después de mostrar vivo a Claudio, para decir que mirando los ojos de Angelo cree verlo revivir. Pero ¿no es ésta otra de las muchas mentiras piadosas del duque? La tragicomedia y la comedia shakespearianas suelen acabar en final feliz con amor y matrimonio, pero, en lo que atañe a Angelo y a Lucio, hablar de matrimonio y final feliz suena a sarcasmo: a los dos se les obliga a casarse con mujeres que no desean. Aunque salen con vida, la clemencia que reciben parece más bien «medida por medida». Angelo calla, pero los Lucios de este mundo, que no pueden callar, dicen en voz alta lo que otros piensan: que casarse con una indeseada (y en su caso, con una prostituta) es como sufrir tortura y ser ejecutado. Algunos críticos hablan sin reservas de clemencia y de final feliz. *Eppure...*

ÁNGEL-LUIS PUJANTE

BIBLIOGRAFÍA SELECTA

EDICIONES

The First Folio of Shakespeare, 1623 (The Norton Facsimile prepared by C. Hinman, New York, 1968).

Gen. eds. S. WELLS & G. TAYLOR, *The Complete Works*, Oxford, 1986.

Ed. B. GIBBONS (The New Cambridge Shakespeare), Cambridge, 2006.

Ed. J. BATE & E. RASMUSSEN (The RSC Shakespeare), Houndsmill, 2009.

Eds. J. M. NOSWORTHY & J. BRIGGS (The New Penguin Shakespeare), London, 2015.

Ed. A. R. BRAUNMULLER & R. N. WATSON (The Arden Shakespeare), London, 2020.

Ed. T. BOUROS & E. SMITH (Oxford World Classics), Oxford, 2024.

AUDEN, W. H.: *Lectures on Shakespeare* (ed. A. Kirsch). Princeton & London, 2000 (Trad. española: *Trabajos de amor dispersos. Conferencias sobre Shakespeare*, trad. G. G. Djembé. Barcelona, 2003).

BATE, J.: *The Genius of Shakespeare*. London, 1997. (Trad. española: *El genio de Shakespeare*, trad. Clara Calvo y G. Keith Gregor. Madrid, 2000).

BATTENHOUSE, R.: «*Measure for Measure* and the Christian Doctrine of Atonement», *PMLA*, LXI, 1946, págs. 1029-1059.

BAWCUTT, N. W.: «"He Who the Sword of Heaven Will Bear": The Duke versus Angelo in 'Measure for Measure'», *Shakespeare Survey*, 37, 1984, págs. 89-97.

BECKERMAN, B.: «A Shakespearean Experiment: The Dramaturgy of *Measure for Measure*», en D. Galloway (ed.), *The Elizabethan Theatre II*. London, 1970.

BLOOM, H.: *Shakespeare: The Invention of the Human*. London, 1999. (Trad. española: *Shakespeare: La invención de lo humano*, trad. Tomás Segovia. Barcelona, 2002).

BROWN, C.: «Erotic Religious Flagellation and Shakespeare's *Measure for Measure*», *EHL*, 16, 1986, págs. 139-165.

CAPUTI, A.: «Scenic Design in *Measure for Measure*», *JEGP*, LX, 1961, págs. 423-434.

COX, J. D.: «The Medieval Background of *Measure for Measure*», *Modern Philology*, 81, 1, 1983, págs. 1-13.

EMPSON, W.: *Essays on Shakespeare* (ed. D. B. Pirie). Cambridge, 1986.

HAMILTON, D. B.: «The Duke in Measure for Measure: "I Find an Apt Remission in Myself"», *Shakespeare Studies*, 6, 1970, págs. 175-183.

HARDING, D. P.: «Elizabethan Betrothals and 'Measure for Measure'», *J.E.G.P.*, XLIX, 2, 1950, págs. 139-158.

HAWKINS, H.: *Measure for Measure*. Brighton, 1987.

HONIGMANN, E. A. J.: «Shakespeare's Mingled Yarn and 'Measure for Measure'», *Proceedings of the British Academy*, LXVII, 1982, págs. 101-121.

HUNTER, R. G.: *Shakespeare and the Comedy of Forgiveness*. New York & London, 1965.

KAUFMANN, R. J.: «Bond Slaves and Counterfeits: Shakespeare's Measure for Measure», *Shakespeare Studies*, 3, 1967, págs. 85-97.

KERMODE, F.: «Measure for Measure», en su *Shakespeare's Language*. London, 2000.

KIRSCH, A. C.: «The Integrity of *Measure for Measure*», *Shakespeare Survey*, 28, 1975, págs. 94-106.

KLIMAN, B.: «Isabella in *Measure for Measure*», *Shakespeare Studies*, 15, 1982, págs. 137-148.

KOTT, J.: «Head for Maidenhead, Maidenhead for Head: the Structure of Exchange in 'Measure for Measure'», *Theatre Quarterly*, VIII, 31, 1978, págs. 18-24.

LASCELLES, M.: *Shakespeare's 'Measure for Measure'*. London, 1953.

LEAVIS, F. R.: «'Measure for Measure'», en su *The Common Pursuit*. Harmondsworth, 1962 (1952).

LEONARD, N. S.: «Substitution in Shakespeare's 'Problem Comedies'», *English Literary Renaissance*, 9, 1979, págs. 281-301.

LEWIS, C.: «'Dark Deeds Darkly Answered': Duke Vincentio and Judgement in *Measure for Measure*», *Shakespeare Quarterly*, 34, 1983, págs. 271-289.

MAXWELL, J. C.: «*Measure for Measure*: The Play and the Themes», *Proceedings of the British Academy*, LX, 1974, págs. 3-22.

MCGINN, D. J.: «The Precise Angelo», en J. G. McManaway et al. (eds.), *Joseph Quincy Adams Memorial Studies*. Washington D. C., 1948.

MCGUIRE, P.: «The Final Silences of *Measure for Measure*», en su *Speechless Dialect: Shakespeare's Open Silences*. Berkeley & London, 1985.

—: «*Measure for Measure*: 'A Little Brief Authority'», en su *Shakespeare. The Jacobean Plays*. Houndsmill & London, 1994.

MILES, R.: *The Problem of 'Measure for Measure': A Historical Investigation*. New York, 1976.

MINCOFF, M.: «Measure for Measure: A Question of Approach», *Shakespeare Studies*, 2, 1966, págs. 141-152.

NUTTALL, A. D.: «Measure for Measure: Quid Pro Quo?», *Shakespeare Studies*, 4, 1968, págs. 231-251.

OLIVA, S.: *Introducció a Shakespeare.* Barcelona, 2000 (Ed. castellana: *Introducción a Shakespeare.* Barcelona, 2001).

OWEN, L.: «Mode and Character in *Measure for Measure*», *Shakespeare Quarterly*, 25, 1974, págs. 17-32.

PALMER, C.: «Selfishness in *Measure for Measure*», *Essays in Criticism*, XXVIII, 3, 1978, págs. 187-207.

POPE, E. M.: «The Renaissance Background of *Measure for Measure*», *Shakespeare Survey*, 2, 1949, págs. 66-82.

ROSSITER, A. P.: «Measure for Measure», en su *Angel With Horns*. London & New York, 1989 (1961).

SACHS, H.: «The Measure in 'Measure for Measure'», en M. D. Faber (ed.), *The Design Within: Psychoanalytic Approaches to Shakespeare*. New York, 1970.

SCHANZER, E.: *The Problem Plays of Shakespeare*. New York, 1965.

STEAD, C. K. (ed.): *Shakespeare: Measure for Measure*. Houndsmill & London, 1971 (selección de artículos y estudios).

WEIL, Jr., H.: «Form and Contexts in *Measure for Measure*», *Critical Quarterly*, 12, 1, 1970, págs. 55-72.

WENTERSDORF, K. P.: «The Marriage Contracts in *Measure for Measure*», *Shakespeare Survey*, 32, 1979, págs. 129-144.

WHARTON, T. F.: *Moral Experiment in Jacobean Drama*. London, 1988.

—: *Measure for Measure* (The Critics Debate). Houndsmill & London, 1989.

WHEELER, R.: «'When our deep plots do pall': The Problem Comedies and Shakespeare», en su *Shakespeare's Development and the Problem Comedies: Turn and Counter-Turn*. Berkeley/London, 1981.

NOTA PRELIMINAR

El original inglés de MEDIDA POR MEDIDA se publicó por vez primera en 1623 con el título de *Measure for Measure* en el llamado «primer infolio de Shakespeare». El texto, que ofrece ya la división en actos y escenas, parece proceder de una transcripción del manuscrito del autor. Aunque en general es bastante claro, presenta una serie de escollos textuales de diverso tipo aún no resueltos (entre ellos, la posible omisión de algunos versos sueltos y la doble información de la detención de Claudio en I.ii). Como proponen Wells y Taylor, es posible que el texto fuese revisado después de la muerte de Shakespeare por algún dramaturgo contemporánco como Thomas Middleton.

Hay constancia de que la obra se representó en la corte el 26 de diciembre de 1604, pero no es seguro que éste fuera su estreno. Algunas referencias textuales permiten suponer, no obstante, que 1604 fue el año de su composición.

*

La presente traducción sigue el texto del infolio, pero acepta lecturas y enmiendas de ediciones posteriores (véanse las ediciones en la Bibliografía selecta). La disposición del texto traducido intenta sugerir la sencillez del original. Se añaden muy pocas acotaciones (que aparecen entre corchetes), todas ellas de uso común en las ediciones inglesas modernas (que suelen incorporar bastantes más) y avaladas por el contexto o la tradición teatral. El punto y raya que a veces aparece en el diálogo intenta aclarar, sin necesidad de incorporar más acotaciones, lo que generalmente es un cambio de interlocutor.

Por utilidad referencial se emplea la división escénica, pero no se la destaca tipográficamente ni se dejan grandes huecos entre escenas y, al igual que en las ediciones de la época, se omite la localización. En efecto, el espacio escénico del teatro de Shakespeare era abierto y carecía de la escenografía realista de épocas posteriores. El «lugar» de la acción venía indicado o sugerido por el texto y el actor, y, al parecer, la obra se representaba sin interrupción.

*

Como mis otras traducciones de Shakespeare para Espasa, ésta de MEDIDA POR MEDIDA aspira a ser fiel a la naturaleza dramática de la obra, a la lengua del autor y al idioma del lector[1]. Siguiendo el original, distingo el medio expresivo (prosa, verso y rimas ocasio-

---

[1] El tema de este párrafo lo he tratado por extenso en mi trabajo «Traducir el teatro isabelino, especialmente Shakespeare», en *Cuadernos de Teatro Clásico*, núm. 4, Madrid, 1989, págs. 133-157,

nales) y traduzco como tal la canción del acto cuarto, ajustando la letra en castellano a la partitura original (melodía, ritmo y compases; véase Apéndice, págs. 181-184). He tratado de reproducir el rico lenguaje figurado, la gran variedad de estilos, los juegos de palabras y, en especial, las ambigüedades. A este respecto, si Shakespeare siempre cultivó la expresión ambigua, en MEDIDA POR MEDIDA la practicó sin reservas (el crítico William Empson desarrolló su teoría de la ambigüedad apoyándose especialmente en pasajes de esta obra y en el uso reiterativo de algunas palabras equívocas como «sense» [sentido])[2]. Por último, y en lo que hace al verso suelto no rimado del original, lo pongo en verso libre por parecerme el medio más idóneo, ya que permite trasladar el sentido sin desatender los recursos estilísticos ni prescindir de la andadura rítmica.

*

No puede faltar mi agradecimiento a cuantos, de un modo u otro, me han ayudado: a Veronica Maher y Keith Gregor, por cotejar pacientemente original y traducción; a Eloy Sánchez Rosillo, Pedro García Montalvo, Mariano de Paco y Laura Campillo, por sus

---

y más sucintamente en «Traducir Shakespeare: mis tres fidelidades», en *Vasos comunicantes*, 5, Madrid, Otoño 1995, págs. 11-21.

[2] Véanse sus *Essays on Shakespeare*, ed. David B. Pirie, Cambridge, Cambridge University Press, 1986, y también Jonathan Bate, *El genio de Shakespeare*, trad. Clara Calvo y G. Keith Gregor, Madrid, Espasa-Calpe, 2000, capítulo 10, especialmente las páginas 373-387.

comentarios al texto traducido; y a Javier Artigas, por preparar la partitura. A todos ellos, mi gratitud más sincera.

Á.-L. P.

MEDIDA POR MEDIDA

DRAMATIS PERSONAE*

El DUQUE Vincentio
ANGELO, su delegado
ESCALO, noble anciano
CLAUDIO, joven caballero
LUCIO, un estrafalario
Otros dos caballeros
El ALCAIDE
FRAY TOMÁS
FRAY PEDRO
CODO, guardia bobo
ESPUMA, caballero tonto
[POMPEYO], gracioso [sirviente de doña Regozada]
PUTOESPANTO, verdugo
BERNARDINO, preso disoluto
[UN JUEZ]
[VARIO, amigo del Duque]

---

* Salvo los añadidos entre corchetes, esta relación de personajes se atiene a la lista que figura al final del texto original de 1623 (véase Nota preliminar, pág. 43).

ISABEL, hermana de Claudio
MARIANA, prometida de Angelo
JULIETA, amada de Claudio
SOR FRANCISCA
DOÑA REGOZADA, alcahueta

[Nobles, guardias, ciudadanos, criados, un paje y un mensajero.]

MEDIDA POR MEDIDA

I.i *Entran el* DUQUE, ESCALO, *señores* [*y acompañamiento*].

DUQUE
¡Escalo!
ESCALO
¿Señor?
DUQUE
Exponer los principios del gobierno
haría creer que me gustan los discursos,
pues admito que vuestra sabiduría
en la materia excede los consejos
que mi ciencia puede daros. Sólo resta
ponerla en ejercicio, pues sois apto,
y dejar que ambos actúen. Los usos de las gentes,
las leyes ciudadanas y el proceder
de la justicia os son tan conocidos
como a quien más haya ilustrado
el saber y la experiencia. Aquí está mi decreto,
del que no habéis de apartaros.— Llamad
a Angelo, que ante mí comparezca.

[*Sale un criado.*]

¿Qué figura creéis que mostrará?
Sabed que lo he escogido con esmero
para que me sustituya en mi ausencia:
le doy mi potestad, lo revisto de mi afecto
y otorgo a su delegación cuantos recursos
emplea mi autoridad. ¿Qué os parece?

ESCALO
Si en Viena hay alguien digno
de llevar tanto honor y tal merced,
ése es Angelo.

Entra ANGELO.

DUQUE
Aquí viene.

ANGELO
Siempre obediente a Vuestra Alteza,
acudo a conocer vuestro deseo.

DUQUE
Angelo, en vuestra vida hay unos rasgos
que revelan vuestra historia por entero
a quien observa. Ni vuestros méritos ni vos
podéis ser tan exclusivos que se gasten
en vos vuestras virtudes, ni vos en ellas.
El cielo nos emplea cual nosotros las antorchas,
que no se encienden para sí: o nuestras virtudes
salen de nosotros, o sería igual
que no tenerlas. El alma noble sólo
se prueba en actos nobles, y la naturaleza,
cual diosa lucrativa, no presta nunca
ni un gramo de sus dones sin fijar,

con la gloria debida a su acreedor,
la gratitud y el interés. Mas le hablo
a quien puede en sí ostentar la parte que le cedo.
Así que tomad, Angelo:
en mi ausencia, sed yo mismo en todo.
Que en Viena la muerte y la clemencia
vivan en vuestra lengua y corazón. Escalo,
aunque el primero en ser llamado,
es vuestro segundo. Tomad el nombramiento.

ANGELO

Mi buen señor,
poned un poco más a prueba mi metal
antes de estampar en él una figura
tan noble y tan excelsa.

DUQUE

Nada de evasivas.
Tras haberlo madurado y sopesado,
os elegí: aceptad vuestros honores.
Mi urgencia en partir es tan extrema
que reclama prioridad, dejando inatendidas
cuestiones de mucho peso. Según requieran
el tiempo y mis asuntos, por carta ya os daré
noticias mías, y espero que seré informado
de cuanto aquí suceda. Adiós os digo.
Confiando en su fiel ejecución,
os dejo ya con vuestros nombramientos.

ANGELO

Mas, señor, por lo menos permitid
que os acompañemos una parte.

DUQUE

Mi urgencia no lo admite
y, por mi honor, que no debéis sentir
ningún recelo. Igual que yo, tenéis margen

para apretar o relajar las leyes
según juzgue vuestra alma. Dadme la mano;
parto solo. Aunque amo al pueblo,
no me agrada exhibirme ante sus ojos.
Será bienintencionado, mas bien no me sientan
sus fuertes aplausos ni sus vítores ardientes,
ni creo que sea hombre de buen juicio
quien guste de ello. Una vez más, adiós.

ANGELO

¡El cielo proteja vuestros planes!

ESCALO

¡Y que os guíe y os traiga felizmente!

DUQUE

Gracias, adiós.

Sale.

ESCALO

Desearía, señor, tener licencia
para hablaros libremente: me importa
examinar mis funciones hasta el fondo.
Poder tengo, mas no he sido informado
de su alcance ni su índole.

ANGELO

Ni yo del mío. Retirémonos;
nuestras dudas al respecto muy pronto
veremos satisfechas.

ESCALO

Quedo a vuestras órdenes.

Salen.

I.ii *Entran* LUCIO *y otros dos* SEÑORES.

LUCIO

Como el duque y los demás duques no lleguen a un pacto con el rey de Hungría, caerán todos ellos sobre el rey.

SEÑOR 1.º

El cielo nos dé paz, mas no la del rey de Hungría.

SEÑOR 2.º

Amén.

LUCIO

Tú acabas como aquel pirata piadoso que se hizo a la mar con los diez mandamientos, pero raspó uno de las tablas.

SEÑOR 2.º

¿«No robar»?

LUCIO

Justo el que borró.

SEÑOR 1.º

Bueno, era un mandamiento que mandaba al capitán y a su gente no ejercer su oficio, y ellos salían a robar. A ver a qué soldado de los nuestros, cuando bendicen la mesa, le gusta que se rece por la paz.

SEÑOR 2.º

Yo nunca oí a un soldado decir que le disgusta.

LUCIO

Te creo, pues seguro que nunca has ido donde bendicen la mesa.

SEÑOR 2.º

¿No? Una docena de veces, por lo menos.

SEÑOR 1.º

¿Cómo, en verso?

LUCIO

En cualquier ritmo o en cualquier idioma.

SEÑOR 1.º

Eso, o en cualquier religión.

LUCIO

¿Y por qué no? Rezar nos da la gracia, pese a las disputas; igual que, por ejemplo, tú eres un vil granuja, pese a la gracia.

SEÑOR 1.º

¡Bah! Tú y yo estamos cortados por el mismo patrón.

LUCIO

Conforme, pero separaron orillo y terciopelo, y tú eres el orillo.

SEÑOR 1.º

Y tú el terciopelo: buen terciopelo, del más fino, ya lo creo. Prefiero ser orillo de estopa antes que tercio pelado como tú, por el mal francés[1]. ¿He dado en lo vivo?

LUCIO

Yo creo que sí, y te has hecho daño en la boca. Ya que lo confiesas, aprenderé a beber a tu salud, pero, mientras viva, nunca de tu vaso.

SEÑOR 1.º

Creo que me la he ganado, ¿no?

SEÑOR 2.º

Estés infectado o no, te la has ganado.

Entra [DOÑA REGOZADA]*, alcahueta.*

---

[1] A partir de aquí se suceden en el diálogo las bromas y alusiones a los síntomas, reales o supuestos, de la sífilis (el «mal francés»): alopecia, llagas en la boca, huesos «huecos» y ciática.

LUCIO

Mirad, mirad, aquí viene *madame* Consolación. Las enfermedades que pillé bajo su techo llegan a...

SEÑOR 2.º

¿A cuánto, eh?

LUCIO

Calcula.

SEÑOR 2.º

Tres mil duros... tormentos.

SEÑOR 1.º

Mucho más.

LUCIO

Una corona francesa.

SEÑOR 1.º

Tú, que siempre imaginas dolencias en mí, estás equivocado: estoy sano.

LUCIO

Sí, como aquel que dice, más sano que una pera... hueca. Tú tienes los huesos huecos: te los devoró el pecado.

SEÑOR 1.º [*a* DOÑA REGOZADA]

¿Qué tal? ¿En cuál de vuestras caderas os duele más la ciática?

DOÑA REGOZADA

Muy bien. Ahí llevan a la cárcel a uno que vale por cinco mil de los vuestros.

SEÑOR 2.º

¿Y quién es?

DOÑA REGOZADA

Señor, pues Claudio, el *Signor* Claudio.

SEÑOR 1.º

¿Claudio a la cárcel? Imposible.

DOÑA REGOZADA

Pues es cierto: vi cómo lo detenían y se lo llevaban. Es más, de aquí a tres días le cortan la cabeza.

LUCIO

Basta ya de bromas. No puedo creerlo. ¿Estás segura?

DOÑA REGOZADA

Segurísima. Es por dejar encinta a Julieta.

LUCIO

Sí que puede ser. Me prometió verme hace dos horas, y él siempre cumple sus promesas.

SEÑOR 2.º

Además, eso encaja con lo que estábamos diciendo del asunto.

SEÑOR 1.º

Y, sobre todo, concuerda con la proclama[2].

LUCIO

¡En marcha! Vamos a ver qué hay de cierto.

Sale [*con los* SEÑORES].

DOÑA REGOZADA

Entre la guerra, los sudores, la horca y la pobreza, me quedo sin clientes[3].

---

[2] Por lo visto, el anuncio de que se reanudan los castigos por fornicación y, como se dice más adelante, de que se van a derribar los burdeles de los arrabales.

[3] Entre las causas de la pérdida de clientes, la de los «sudores» puede referirse a la hiperhidrosis como enfermedad individual o colectiva o, seguramente, al tratamiento médico, consistente en provocar sudores, que se aplicaba a los aquejados de enfermedades venéreas.

Entra POMPEYO.

¿Qué hay? ¿Traes noticias?

POMPEYO
Se llevan a la cárcel a ese hombre.

DOÑA REGOZADA
¿Qué ha hecho?[4]

POMPEYO
Un hijo.

DOÑA REGOZADA
¿Y eso es un crimen?

POMPEYO
Pescó a mano en río prohibido.

DOÑA REGOZADA
¿Cómo? ¿Una doncella preñada?

POMPEYO
Mujer con alevín dentro. No habéis oído hablar de la proclama, ¿verdad?

DOÑA REGOZADA
¿Qué proclama, eh?

POMPEYO
Van a derribar todos los burdeles de las afueras de Viena.

DOÑA REGOZADA
¿Y qué pasará con los del centro?

POMPEYO
Quedarán para semilla. También querían tum-

[4] Se supone que la ignorancia de la alcahueta, que ya ha informado de la detención de Claudio, tiene que ser fingida (sería, por tanto, un recurso para aportar más información). Si fuera real, la contradicción puede explicarse como efecto de una posible revisión no corregida de esta escena (véase Nota preliminar, págs. 43-46).

barlos, pero un juicioso ciudadano apostó por ellos.

DOÑA REGOZADA

Entonces, ¿van a tirar todas nuestras casas de los arrabales?

POMPEYO

Todas por tierra, señora.

DOÑA REGOZADA

Pues, ¡vaya cambio en la comunidad! ¿Qué va a ser de mí?

POMPEYO

Vamos, no temáis: al buen letrado no le faltan clientes. Cambiar de sitio no es cambiar de trabajo, y yo siempre seré vuestro mozo. ¡Ánimo! Os tendrán lástima. Vos, que os habéis dejado la piel en el oficio, quedaréis a salvo.

DOÑA REGOZADA

¿Qué alboroto es ése, mozo mío? ¡Vámonos!

POMPEYO

Es Claudio, y lo lleva a prisión el alcaide; también viene Julieta.

Salen.

Entran el ALCAIDE, CLAUDIO, JULIETA, GUARDIAS, LUCIO *y dos* SEÑORES[5].

---

[5] En el texto original de 1623, con la entrada de estos personajes se abre una nueva escena. Las ediciones modernas, sin embargo, prescinden de esta división y, además, dan un tratamiento textual diverso a la acotación (por ejemplo, desplazando la entrada de Lucio y los dos señores unos versos más adelante, después de que Claudio diga «Sin embargo, siempre es justa.»).

CLAUDIO

Amigo, ¿por qué me exhibes así ante todos?
Llévame a la cárcel, que es donde me envían.

ALCAIDE

No lo hago por malevolencia:
es orden especial del *Signor* Angelo.

CLAUDIO

Así la Autoridad, cual semidiosa,
nos hace pagar al peso nuestra culpa.
Palabra divina: con quien quiere, bien;
con quien no, no. Sin embargo, siempre es justa[6].

LUCIO

Pero, Claudio, ¿por qué esta detención?

CLAUDIO

Por la excesiva libertad, mi Lucio.
Así como el hartazgo es el padre del ayuno,
el uso que se vuelve inmoderado
acaba en constricción. Como a ratas
que devoran su veneno, el mal que deseamos
nos da sed, y beber nos trae la muerte.

LUCIO

Si estar preso me hiciera hablar con tanto juicio,
que vengan ya mis acreedores. Pero, a decir verdad,

---

[6] Alusión a un pasaje de la Epístola a los Romanos (9.15-18), de san Pablo, en el que, ante la pregunta de si Dios puede ser injusto, se responde negativamente, añadiendo: «[Dios] le dijo a Moisés: *"Tendré misericordia de quien yo quiera y compasión de quien yo quiera"*. En consecuencia, la cosa no está en que uno quiera o se afane, sino en que Dios tenga misericordia... En conclusión: Dios tiene misericordia de quien quiere y deja endurecerse a quien quiere.» (*Nueva Biblia Española*, trad. Luis Alonso Schökel y Juan Mateos, Madrid, 1975).

prefiero la insensatez de la libertad a la sabiduría de la cárcel. ¿Cuál es tu delito?

CLAUDIO

Lo que nombrar sería otro delito.

LUCIO

¿Qué, asesinato?

CLAUDIO

No.

LUCIO

¿Lujuria?

CLAUDIO

Llámalo así.

ALCAIDE

Vamos, señor, en marcha.

CLAUDIO

Un momento, amigo.— Lucio, oye dos palabras.

LUCIO

¡Y ciento si te hacen bien! ¿Tan vigilada tienen la lujuria?

CLAUDIO

Mi caso es éste: tras fiel compromiso,
llegué a la posesión del lecho de Julieta.
Ya la conoces; ella es en firme mi esposa,
a falta del anuncio que hace público
el enlace[7]. Esto lo aplazamos
para que generase una dote
que guarda en el cofre su familia,

[7] Se alude en estos versos al compromiso contraído por Claudio en los esponsales (cuya legalidad seguía vigente en la Inglaterra de Shakespeare), por los cuales él y Julieta se convertían en marido y mujer a falta sólo de la boda en la iglesia. Véase al respecto Introducción, págs. 23-25.

a la que decidimos ocultarle nuestro amor
hasta que el tiempo la pusiera a favor nuestro.
Mas lo furtivo de tanta intimidad
se ha escrito en Julieta con trazo muy grueso.

LUCIO

¿Encinta, quizá?

CLAUDIO

Por desgracia, sí.
Y ahora, este representante del duque—
ya sea por el brillo de lo nuevo
o porque el cuerpo público es caballo
que debe cabalgar el gobernante,
el cual, recién montado, sin tardar
clava la espuela para mostrar quién manda;
o sea porque la tiranía está en el puesto
o en la supremacía de quien lo ocupa,
yo ahí vacilo—; el caso es que este gobernante
desempolva todos los castigos legislados
que, como arnés enmohecido, llevan
sin descolgarse ni emplearse diecinueve
giros del Zodíaco. Y por cobrar fama
me aplica tal edicto abandonado
y soñoliento; sí, por cobrar fama.

LUCIO

Seguro que sí, y tu cabeza está tan en el aire que una lechera enamorada la volaría de un suspiro. Manda a buscar al duque y apela a él.

CLAUDIO

Ya lo he hecho, pero no lo encuentran.
Te lo ruego, Lucio, hazme este favor.
Mi hermana ingresa hoy en un convento;
en él va a comenzar su noviciado.
Infórmala del peligro que ahora corro;

en mi nombre suplícale que logre acceso
al severo delegado; que le aborde ella misma.
Ésta es mi gran esperanza, pues su juventud
habla un idioma callado y distendido
que mueve a los hombres. Además, tiene arte
cuando actúa con razones y palabras,
y sabe convencer.

LUCIO

Ojalá pueda, tanto para alivio del que caiga bajo tal acusación como para que goces de tu vida, pues sentiría que se perdiera tontamente por jugar a las damas. Voy a verla.

CLAUDIO

Te lo agradezco, mi buen Lucio.

LUCIO

Antes de dos horas.

CLAUDIO

Vamos ya, alcaide.

Salen.

I.iii *Entran el* DUQUE *y* FRAY TOMÁS.

DUQUE

No, reverendo; esa idea desechadla.
No creáis que el endeble dardo del amor
puede traspasar un pecho armado. Mi deseo
de que me deis secreto albergue tiene un fin
más serio y más maduro que las miras
de la ardiente juventud.

FRAY TOMÁS

¿Podría decirlo Vuestra Alteza?

DUQUE

Reverendo padre, nadie sabe como vos
cuánto he amado siempre la vida retirada
y en qué poco he tenido esos enjambres
donde brilla neciamente el fasto juvenil.
Al *Signor* Angelo (un hombre de rigor
y de abstinencia firme) he confiado
todo el poder que ostento aquí, en Viena;
él piensa que he viajado a Polonia
(es lo que he hecho correr entre la gente
y lo que creen todos). Ahora, piadoso padre,
querréis saber por qué lo hago.

FRAY TOMÁS

Gustosamente, señor.

DUQUE

Tenemos leyes y estatutos muy severos
(bridas y frenos contra los potros rebeldes);
llevan sin aplicarse estos catorce años
y están como un pesado león en su guarida,
que no sale a cazar. El padre ingenuo
ata ramas de abedul como un azote
y lo planta ante la vista de su hijo
por darle miedo, sin usarlo: con el tiempo
inspira burla y no temor. Así, nuestras leyes,
letra muerta, en sí mismas están muertas,
y el desenfreno saca la lengua a la justicia;
el niño le pega a la niñera
y el decoro anda al revés.

FRAY TOMÁS

Estaba en vuestras manos desatar
a la justicia cuando hubierais deseado;
en vos se habría mostrado más temible
que en el *Signor* Angelo.

DUQUE

Demasiado temible, creo yo.
Si fue culpa mía darle al pueblo tal licencia,
castigarlo y herirlo por lo que ordené
sería en mí tiránico, pues es como dar órdenes
el ser tan indulgente con delitos
en vez de sancionarlos. Por eso, padre,
he conferido mi poder a Angelo,
que, al abrigo de mi nombre, puede dar de lleno
sin que su acción traiga el desprestigio
a mi persona. Y, para observar cómo gobierna,
cual si yo fuese un hermano de la orden,
visitaré a pueblo y gobernante. Por tanto,
os lo ruego, dadme un hábito y enseñadme
a conducirme en forma y apariencia
como un fraile. Con tiempo ya os daré
más explicaciones de mi plan;
ahora, sólo ésta: Angelo es riguroso,
se guarda contra la inquina, admite mal
que le fluye la sangre o que le apetece
más el pan que la piedra. Por ver nos queda
si el poder transforma, si uno es lo que muestra.

Salen.

I.iv *Entran* ISABEL *y* SOR FRANCISCA.

ISABEL

¿Y las monjas no tenéis más privilegios?

SOR FRANCISCA

¿Éstos no son bastantes?

ISABEL

Sí, sí. Más no estoy pidiendo;

antes desearía mayor austeridad
en la regla de la orden, en las clarisas.

LUCIO [*dentro*]
¡Eh! ¡Haya paz en la casa!

ISABEL
¿Quién llama?

SOR FRANCISCA
Es voz de hombre. Amable Isabel,
abre tú y pregúntale qué quiere.
Tú puedes; yo, no: aún no has profesado.
Cuando lo hayas hecho, no hablarás con hombres
sino en presencia de la superiora.
Y, si hablas, lo harás llevando el velo;
si lo levantas, no podrás hablar.—
Siguen llamando.— Respóndele, te lo ruego.

[*Sale.*]

ISABEL
¡Haya paz y dicha! ¿Quién es?

[*Entra* LUCIO.]

LUCIO
Salud, virgen, si lo sois como prueban
vuestras rosadas mejillas. ¿Os serviríais
llevarme a la presencia de Isabel,
novicia en el convento y bella hermana
de su desdichado hermano Claudio?

ISABEL
¿Por qué «desdichado»? Os lo pregunto,
y con motivo, pues os hago saber ya
que yo soy Isabel, su hermana.

LUCIO

Noble y bella, vuestro hermano os saluda.
Para no cansaros: está en la cárcel.

ISABEL

¡Ay de mí! ¿Qué ha hecho?

LUCIO

Algo que, si yo fuera su juez,
merecería condena de gratitud:
le ha hecho un hijo a su amada.

ISABEL

Señor, no queráis jugar conmigo.

LUCIO

Es cierto. Aunque es mi pecado habitual
burlar a las doncellas y reírme
(boca y corazón distantes), no quisiera
jugar igual con todas. Vos sois santa, celestial,
espíritu inmortal por la renuncia,
al que hay que dirigirse verazmente,
como a una santa.

ISABEL

Al burlaros así, blasfemáis ante los santos.

LUCIO

Nada de eso. La breve historia es ésta:
vuestro hermano y su amada se juntaron.
Así como el que come, engorda, y el mes florido
de la siembra en barbecho trae fruto
en abundancia, así su pletórico vientre
expresa el gran cultivo que él le dio.

ISABEL

¿Embarazada de él? ¿Mi prima Julieta?

LUCIO

¿Es prima vuestra?

ISABEL

Por adopción, como las colegialas
que, jugando, se cambian los nombres por afecto.

LUCIO

Ella es.

ISABEL

Pues que se case con ella.

LUCIO

Ahí está la cosa.
El duque se ha ido de un modo muy extraño,
haciendo creer a muchos, a mí entre ellos,
que tomaríamos las armas, mas nos cuenta
quien conoce las entrañas del gobierno
que sus palabras distan una infinidad
de sus miras verdaderas. En su puesto,
y con toda la amplitud de su poder,
gobierna el *Signor* Angelo, un hombre cuya sangre
es nieve líquida, que no responde
al aguijón voluptuoso del sentido;
en su lugar, lo embota y lo despunta
el ejercicio de la mente: estudio y ayuno.
Por dar miedo a las costumbres disipadas
que bullen de hace tiempo ante la ley
cual ratones delante de un león, extrae una orden
cuyo duro sentido compromete
la vida de vuestro hermano; lo detiene
y se ciñe al rigor de lo prescrito
para que él sirva de ejemplo. Y no hay esperanza,
salvo que vuestra súplica tenga la virtud
de ablandar a Angelo. Tal es, en suma,
el encargo que me trae de vuestro hermano.

ISABEL

¿Y le exige así la vida?

LUCIO

Le ha juzgado, y parece que el alcaide
tiene orden ya de ajusticiarlo.

ISABEL

¡Ah, qué pobre capacidad tengo yo
para ayudarle!

LUCIO

Emplead el poder que tengáis.

ISABEL

¿Poder? Lo dudo.

LUCIO

Nuestras dudas son traidoras
y nos privan del bien que alcanzaríamos,
temiendo los intentos. Id a ver a Angelo
y que aprenda que, cuando piden las doncellas,
los hombres dan cual dioses, mas, cuando imploran
de rodillas, sus ruegos se conceden
como si de ellas dependiese el concederlos.

ISABEL

Veré qué puedo hacer.

LUCIO

Y a toda prisa.

ISABEL

Voy al momento. Lo que tarde
será para informar a la priora
del asunto. Mis más humildes gracias.
Encomendadme a mi hermano. Para esta noche
le haré saber el resultado de mi intento.

LUCIO

Me despido de vos.

ISABEL

Mi buen señor, adiós.

Salen.

II.i *Entran* ANGELO, ESCALO, CRIADOS *y un* JUEZ.

ANGELO

No hagamos de la ley un espantajo
para ahuyentar a las aves de presa,
siempre el mismo de forma, hasta que la costumbre
lo convierte en su percha y ya no asusta.

ESCALO

Sí, mas demos un corte que sea leve
sin lanzarnos a aplastar. ¡Ah, qué padre tan noble
tenía este caballero, al que yo querría salvar!
Imaginad, Excelencia
(y os tengo por modelo de virtud),
que en la acción de vuestro propio deseo
hubieran concurrido la hora y el lugar,
que la firme actividad de la carne
os hubiera permitido lograr vuestro propósito.
¿No habríais vos mismo, alguna vez en vuestra vida,
errado en la cuestión por la que le juzgáis,
arrojando la ley sobre vos?

ANGELO

Una cosa es ser tentado, Escalo,
y otra, caer. Yo no niego que el jurado
que decide sobre la vida de un reo
no tenga entre sus doce a uno o dos ladrones
más culpables que el reo. La justicia se atiene
a lo que le es palpable. ¿Cómo sabe la ley
que un ladrón juzga a un ladrón? Es palmario:
pues la vemos, nos agachamos y cogemos
la joya que encontramos; mas lo que no se ve

se pisa y jamás se tiene en cuenta.
Su delito no vais a atenuarlo
porque yo haya tenido tales faltas. Antes decidme
que, cuando yo, que le juzgo, infrinja como él,
mi sentencia prefigure mi muerte
sin parcialidad. Señor, ha de morir.

Entra el ALCAIDE.

ESCALO
Decida vuestra prudencia.

ANGELO
¿Dónde está el alcaide?

ALCAIDE
Aquí, para serviros, Excelencia.

ANGELO
Que Claudio sea ejecutado mañana
a las nueve. Que vea a su confesor y se prepare:
será el fin de su peregrinación.

[*Sale el* ALCAIDE.]

ESCALO
Perdónele el cielo, y a nosotros todos.
El mal a unos alza, el bien hunde a otros.
Cayendo en mil vicios, unos siempre escapan;
a otros condenan por sólo una falta.

Entran CODO, ESPUMA, POMPEYO *y* GUARDIAS.

CODO
Vamos, traedlos por aquí. Si en la comunidad tienen por buenos a los que usan sus abusos en las

casas públicas, yo no sé qué es la ley.— Traedlos por aquí.

ANGELO

A ver, señor, ¿cómo os llamáis? ¿Qué ocurre?

CODO

Con permiso, Excelencia, soy el guardia del pobre duque, y me llamo Codo. Me apoyo en la justicia, señor, y traigo ante Vuestra Excelencia a dos notorios bienhechores.

ANGELO

¿Bienhechores? ¿Qué bienhechores son? ¿No serán malhechores?

CODO

Con permiso, Excelencia, no sé bien lo que son, pero seguro que son unos granujas consumados, faltos de toda la profanación del mundo que deben tener los buenos cristianos.

ESCALO

¡Qué bien le ha salido! Sabio guardia.

ANGELO

Vamos, ¿qué oficio tienen? ¿Os llamáis Codo? ¿Por qué no habláis, Codo?

POMPEYO

Ya no puede, ha hablado por los codos.

ANGELO

¿Quién sois vos, señor?

CODO

¿Éste? Mozo de taberna y en parte alcahuete. Sirve a una mujer mala, señor, dueña de una de esas casas que, según cuentan, derribaron en las afueras[8] y

---

[8] Codo confirma el derribo de los burdeles de los arrabales

ahora dice llevar una casa de baños, que para mí también es una casa mala.

ESCALO

¿Cómo lo sabéis?

CODO

Señor, mi mujer, que, denuncio ante el cielo y Vuestra Señoría...

ESCALO

¿Cómo vuestra mujer?

CODO

Sí, señor, que gracias al cielo es decente.

ESCALO

¿Y por eso la denunciáis?

CODO

Digo, señor (y me denuncio a mí mismo y a ella), que si esa casa no es de mala nota, lo siento por su dueña, porque es una casa pública.

ESCALO

¿Cómo lo sabéis, guardia?

CODO

Pues, señor, por mi mujer, que, si tuviera inclinaciones cardinales, podrían haberla acusado de fornicio, adulterio e impudicias de toda especie en esa casa.

ESCALO

¿Por incitación de esa mujer?

CODO

Sí, señor, de doña Regozada, pero mi mujer le escupió a éste en la cara y le paró los pies.

---

que ya se anunció como una de las medidas dispuestas por Angelo (véanse pág. 59 y nota 2, pág. 58).

POMPEYO

Con permiso, Señoría, no fue así.

CODO

Demuéstralo ante estos bribones, hombre honorable, demuéstralo.

ESCALO

¿Oís cómo trabuca?

POMPEYO

Señor, su mujer vino un día encinta y, con permiso de Vuestras Señorías, con ganas de ciruelas cocidas. Señor, en la casa sólo había dos, que justo en aquel *distante* estaban, digamos, en un frutero, un frutero de tres centavos. Vuestras Señorías los conocen; no son de porcelana, pero son buenos fruteros.

ESCALO

Venga, vamos, el frutero no importa.

POMPEYO

No, señor, que no vale un pito, eso es cierto. Pero al asunto. Como digo, la señora Codo, estando, como digo, preñada y con barriga y, como digo, con ganas de ciruelas cocidas, y no habiendo, como digo, más que dos en el frutero, y habiéndose comido las demás, como digo, aquí maese Espuma, este hombre, y habiéndolas pagado, como digo, muy honradamente... —pues, como sabéis, maese Espuma, no pude devolveros tres centavos.

ESPUMA

No, es verdad.

POMPEYO

Muy bien, y estando vos, si os acordáis, partiendo los huesos de las ciruelas antedichas...

ESPUMA

Sí, es lo que hacía.

POMPEYO

Muy bien, pues, diciéndoos yo entonces, si os acordáis, que fulano y zutano no se curarían de lo que sabéis si no se ponían a régimen, como os dije...

ESPUMA

Todo eso es cierto.

POMPEYO

Muy bien, pues...

ESCALO

Vamos, sois un bobo cargante. Al grano. ¿Qué le hicieron a la mujer de Codo para que él se queje? Llevadme al asunto.

POMPEYO

Señoría, así no vais a llegar.

ESCALO

No, señor, ni lo pretendo.

POMPEYO

Pero vamos al grano, con vuestro permiso. Y, os lo suplico, mirad a maese Espuma, aquí presente, ochenta libras de renta al año, cuyo padre murió el día de Todos los Santos. ¿No fue en Todos los Santos, maese Espuma?

ESPUMA

La víspera.

POMPEYO

Muy bien, la verdad por delante. Pues él, señor, estando sentado, como digo, en una silla baja... Fue en «El Racimo de Uvas»[9], donde tanto os agrada estar, ¿verdad?

---

[9] Nombre de uno de los cuartos de la taberna. En la Inglaterra

ESPUMA

Y mucho, porque, al ser público, lo caldean en invierno.

POMPEYO

Muy bien, la verdad por delante.

ANGELO

Esto dará para una noche en Rusia,
cuando más largas sean allí las noches.
Os dejo con la vista de la causa,
y espero que halléis causa para azotar a todos.

ESCALO

Creo que sí. Dios guarde a Vuestra Excelencia.

Sale [ANGELO].

Seguid, vamos. De una vez, ¿qué le hicieron a la mujer de Espuma?

POMPEYO

¿De una vez? De una vez no le hicieron nada.

CODO

Os lo ruego, señor, preguntadle lo que este hombre le hizo a mi mujer.

POMPEYO

Os lo ruego, Señoría, preguntadme.

ESCALO

Señor, ¿qué le hizo este caballero?

POMPEYO

Os lo ruego, señor, miradle la cara a este caballero. Buen maese Espuma, mirad a Su Señoría, es con buena intención. ¿Os fijáis en su cara, Señoría?

---

isabelina era costumbre dar nombres semejantes a los cuartos de tabernas y posadas.

ESCALO

Sí, señor, muy bien.

POMPEYO

Os suplico que la observéis bien.

ESCALO

Ya lo hago.

POMPEYO

¿Veis algún mal en su cara, Señoría?

ESCALO

Pues no.

POMPEYO

Perjuro sobre la Biblia que su cara es lo peor de él. Pues bien, si lo peor de él es su cara, ¿cómo pudo maese Espuma hacerle mal a la mujer del guardia? Decídmelo, Señoría.

ESCALO

Está en lo cierto, guardia. ¿Qué decís a ello?

CODO

Lo primero, con permiso, es que ésa es una casa de reputación; luego, que él es un tipo de reputación y su ama, mujer de reputación.

POMPEYO

¡Voto a..., señor! ¡Si su mujer es de más reputación que ninguno de nosotros!

CODO

¡Mentira, granuja! ¡Mentira, vil granuja! Aún está por llegar el día en que sea reputada para hombre, mujer o niño.

POMPEYO

Señor, pues él la reputó bien antes de casarse con ella.

ESCALO

¿Quién tiene aquí más juicio, la justicia o la iniquidad? ¿Es cierto eso?

CODO

¡Ah, miserable! ¡Ah, granuja! ¡Ah, malvado Aníbal![10]. ¿Que yo la reputé antes de casarme con ella? Si yo la he reputado a ella o ella a mí, no me tenga Vuestra Señoría por guardia del pobre duque. Demuestra eso, vil Aníbal, o te demando por violencia.

ESCALO

Y si os diera un bofetón, lo demandaríais por calumnia.

CODO

Vaya, os lo agradezco, Señoría. ¿Qué deseáis que haga, Señoría, con este vil granuja?

ESCALO

Pues, señor guardia, como encierra en su persona delitos que, si pudierais, querríais desvelar, que prosiga con lo suyo hasta que sepáis cuáles son.

CODO

Vaya, os lo agradezco, Señoría. Ya ves, vil granuja, lo que te ha caído. Y ahora te van a proseguir, granuja, a proseguir.

ESCALO

¿Dónde naciste, amigo?

ESPUMA

Aquí, en Viena, señor.

ESCALO

¿Vuestra renta es de ochenta libras al año?

ESPUMA

Sí, señor, si así os place.

ESCALO

Ya.— [*A* POMPEYO] ¿Qué oficio tenéis vos?

---

[10] Probable error por «caníbal».

POMPEYO

Mozo de taberna, la de una pobre viuda.

ESCALO

¿Cómo se llama vuestra ama?

POMPEYO

Doña Regozada.

ESCALO

¿Ha tenido más de un marido?

POMPEYO

Nueve, señor. De ahí lo de Regozada.

ESCALO

¿Nueve? Acercaos, maese Espuma. Maese Espuma, no tratéis con mozos de taberna, que os vacían, y tendréis que llevarlos a la horca. Marchaos, y que no vuelva a saber de vos.

ESPUMA

Os lo agradezco, Señoría. Desde luego, yo nunca entré en taberna donde no me vaciasen.

ESCALO

Muy bien, ya basta, maese Espuma.

[*Sale* ESPUMA.]

Acercaos, maese mozo. ¿Cómo os llamáis, maese mozo?

POMPEYO

Pompeyo.

ESCALO

¿Qué más?

POMPEYO

Trasero, señor.

ESCALO

¡Vaya! El trasero es lo más grande que tenéis, así

que en su sentido más tosco sois Pompeyo el Grande. Pompeyo, en parte sois alcahuete, por más que lo doréis de mozo de taberna, ¿a que sí? Vamos, decidme la verdad, que más os vale.

POMPEYO

La verdad, señor, soy un pobre que quiere vivir.

ESCALO

¿Vivir cómo, Pompeyo? ¿De alcahuete? ¿Qué os parece el oficio, Pompeyo? ¿Es un oficio lícito?

POMPEYO

Señor, si la ley lo permite...

ESCALO

Mas la ley no lo permite, Pompeyo, ni lo va a permitir en Viena.

POMPEYO

Señoría, ¿pensáis capar y castrar a toda la juventud de Viena?

ESCALO

No, Pompeyo.

POMPEYO

Señor, entonces, en mi humilde opinión, ellos seguirán. Señoría, si os ocupáis de los granujas y las golfas, a los alcahuetes no tendréis que temerlos.

ESCALO

Pues la nueva ordenanza es suave: sólo horca y decapitación.

POMPEYO

Si ahorcáis y decapitáis nueve años seguidos por semejante delito, haréis bien en ordenar más cabezas. Como esta ley rija en Viena diez años, alquilaré la mejor casa que haya en ella por tres centavos. Si vivís para verlo, decid que os lo dijo Pompeyo.

ESCALO

Gracias, buen Pompeyo, y en pago de vuestra profecía, escuchad esto: os aconsejo que no aparezcáis ante mi vista por ninguna queja, ni por vivir donde vivís. Como os vea, Pompeyo, os rechazaré a vuestra tienda y seré con vos un duro César[11]. Hablando claro, Pompeyo, os mandaré azotar. Por esta vez, quedad con Dios.

POMPEYO

Señoría, os agradezco el buen consejo, [*aparte*] que seguiré como dispongan la carne y la fortuna.
¿Azotarme? Péguele el carrero al jaco,
que el valiente no deja su oficio a palos.

Sale.

ESCALO

Acercaos, maese Codo; acercaos, maese guardia. ¿Cuánto hace que trabajáis de guardia?

CODO

Siete años y medio, señor.

ESCALO

Por vuestra aptitud en el cargo, pensé que llevaríais en él bastante tiempo. ¿Decís que siete años?

CODO

Y medio, señor.

ESCALO

Vaya, os habrá dado fatigas. Hacen mal en emplea-

---

[11] Julio César derrotó al general Pompeyo el Grande en la batalla de Farsalia en 48 a. C.

ros tanto. ¿En vuestro distrito no hay más hombres capaces?

CODO

La verdad, señor, pocos con seso para estas cosas. Según los eligen, se complacen en elegirme a mí. Yo se lo hago por alguna moneda, y lo hago todo.

ESCALO

Enviadme los nombres de unos seis o siete, los más capaces de vuestro distrito.

CODO

¿A vuestra casa, Señoría?

ESCALO

A mi casa. Quedad con Dios.

[*Sale* CODO.]

¿Qué hora es?

JUEZ

Las once, señor.

ESCALO

Almorzad conmigo en mi casa, os lo ruego.

JUEZ

Os doy humildes gracias.

ESCALO

Me da pena la muerte de Claudio,
mas no hay remedio.

JUEZ

Angelo es severo.

ESCALO

Es necesario.
Lo que tal parece no siempre es clemencia:
el perdón es padre de nuevas tristezas.

Mas, ¡pobre Claudio! No hay remedio.
Venid, señor.

Salen.

II.ii *Entran el* ALCAIDE *y un* CRIADO.

CRIADO
Está atendiendo un caso; ahora sale.
Voy a anunciaros.

ALCAIDE
Os lo ruego.

[*Sale el* CRIADO.]

A ver qué decide; quizá transija. ¡Ah!
¡Si sólo ha pecado como en sueños!
Todas las épocas y gentes comparten su culpa,
¡y él morir por eso!

Entra ANGELO.

ANGELO
¿Qué ocurre, alcaide?

ALCAIDE
¿Deseáis que mañana muera Claudio?

ANGELO
¿No te lo he dicho? ¿No tienes órdenes?
¿Por qué preguntas otra vez?

ALCAIDE
Por no precipitarme.
Corregidme si yerro, mas he visto casos

en que, tras la ejecución, la justicia
ha lamentado la sentencia.

ANGELO

No sigas; eso es cosa mía.
Tú cumple tu trabajo o deja el puesto;
sabremos pasar sin ti.

ALCAIDE

Perdonadme, Excelencia.
¿Qué hacemos con la doliente Julieta?
Salió de cuentas.

ANGELO

Que sea llevada
a un lugar más adecuado, y deprisa.

[*Entra el* CRIADO.]

CRIADO

La hermana del condenado está aquí
y os pide audiencia.

ANGELO

¿Tiene una hermana?

ALCAIDE

Sí, mi señor; doncella de gran virtud
y a punto de ingresar en un convento,
si no lo ha hecho ya.

ANGELO

Bien, hazla pasar.

[*Sale el* CRIADO.]

Haz que se lleven a esa fornicante.
Que tenga lo necesario, mas sin lujos.
Habrá una orden.

Entran LUCIO *e* ISABEL.

ALCAIDE
¡Dios os guarde!

ANGELO
Quédate un poco.— Bienvenida, ¿qué deseáis?

ISABEL
Os habla una triste suplicante;
servíos escucharme, Excelencia.

ANGELO
¿Cuál es la súplica?

ISABEL
Hay un vicio que detesto más que nada
y le deseo el golpe de la ley.
Por él no quiero yo abogar, sino que debo;
por él no debo yo abogar, sino que estoy
en guerra entre querer y no querer.

ANGELO
Bien, ¿y el caso?

ISABEL
Tengo un hermano condenado a muerte.
Os lo ruego: que sea condenado su delito,
no mi hermano.

ALCAIDE [*aparte*]
¡El cielo te dé elocuencia!

ANGELO
¿Condenar el delito y no al autor? El delito
siempre se condena antes de cometerse.
Mi función sería ociosa si penase
un delito cuya pena ya está legislada,
dejando impune al autor.

ISABEL
¡Ah, ley justa, mas severa!

Así que tenía un hermano. ¡Quedad con Dios,
[Excelencia!

LUCIO [*aparte a* ISABEL]

No os rindáis. A él, suplicadle,
postraos ante él, agarradle de la toga.
Sois muy fría. Si pidierais un comino,
con menos brío no podríais hablar.
¡A él, vamos!

ISABEL

¿Tiene que morir?

ANGELO

No hay remedio, doncella.

ISABEL

Sí. Yo creo que podríais perdonarlo
sin que el cielo ni nadie se afligiese.

ANGELO

No quiero hacerlo.

ISABEL

Mas, ¿podríais si quisierais?

ANGELO

Lo que no quiero hacer no puedo hacerlo.

ISABEL

¿No lo haríais, sin hacerle daño a nadie,
si alentara en vuestro pecho la piedad
que yo siento por él?

ANGELO

Está condenado; ahora es tarde.

LUCIO [*aparte a* ISABEL]

Sois muy fría.

ISABEL

¿Tarde? No. Si digo una palabra,
puedo retirarla. Creedme:
ningún atributo de grandeza,

ni la regia corona, ni la espada de la ley,
ni el bastón del mariscal, ni la toga del juez,
les otorga la mitad de la virtud
que les da la clemencia.
Él en vuestro lugar, vos en el suyo,
habríais pecado como él, pero él
no sería tan severo como vos.

ANGELO

Os ruego que os vayáis.

ISABEL

¡Ojalá tuviera yo vuestro dominio
y vos fuerais Isabel! ¿Sería igual?
No: yo demostraría lo que es ser juez
y lo que es ser preso.

LUCIO [*aparte a* ISABEL]

Eso, tocadle así, en esa vena.

ANGELO

La ley condena a vuestro hermano
y vos malgastáis vuestro aliento.

ISABEL

¡Santo Dios! Todas las almas
estuvieron condenadas una vez,
y Aquel que pudo usar de Su ventaja
halló el remedio. ¿Qué sería de vos
si Él, la perfección de la justicia,
os juzgase como sois? Ah, miradlo bien
y la clemencia alentará en vuestros labios
como en hombre renacido.

ANGELO

Aceptadlo, bella joven. Es la ley,
no yo, quien condena a vuestro hermano.
Si fuera mi pariente, hermano o hijo mío,
sería igual. Morirá mañana.

ISABEL

¿Mañana? ¡Tan pronto! ¡Salvadle, salvadle!
No está preparado. Hasta para comer
matamos las aves en sazón. ¿Serviremos
a Dios con menor esmero del que usamos
con nuestro propio cuerpo? Mi buen señor,
pensad: por esta falta, ¿quién ha muerto?
La han cometido muchos.

LUCIO [*aparte a* ISABEL]

¡Bien dicho!

ANGELO

La ley no estaba muerta, aunque durmiese.
Pecar no habrían osado esos muchos
si el primero en violar nuestro mandato
hubiese pagado lo que hizo. Ya despierta,
observa qué se hace y, cual adivina,
ve en el espejo qué males futuros
(concebidos o por concebirse en la indulgencia,
y que, incubados, habrían de nacer)
ya no deben tener más desarrollo
y han de morir antes que nazcan.

ISABEL

Mostrad compasión.

ANGELO

La muestro más al impartir justicia,
pues entonces me apiado de los desconocidos
a quienes dañaría un delito perdonado,
y soy justo con quien paga un mal infame
y para hacer otro ya no vive. Aceptadlo;
vuestro hermano morirá mañana. Resignaos.

ISABEL

Y vos seréis el primero en condenar,
y él, en sufrirlo. ¡Ah! Es magnífico

tener la fuerza de un gigante, pero tiránico
usarla como un gigante.

LUCIO [*aparte a* ISABEL]
¡Muy bien dicho!

ISABEL
Si pudiesen tronar los poderosos
como hace Júpiter, Júpiter no tendría paz,
pues el más miserable funcionario
su cielo ocuparía para tronar,
¡sólo para tronar! Cielo clemente,
con tu rayo sulfúreo y acerado
partes el roble nudoso y robusto
antes que el tierno mirto; mas el hombre, ese orgulloso,
revestido de breve y exigua autoridad,
olvidando lo que más cree conocer,
su esencia incorpórea, como un mono airado
gesticula tan ridículo ante el cielo
que hace llorar a los ángeles, que, si pudieran,
se reirían como mortales.

LUCIO [*aparte a* ISABEL]
¡Seguid, seguid, muchacha! Va a ablandarse.
Ya empieza, lo estoy viendo.

ALCAIDE [*aparte*]
¡Quiera Dios que lo convenza!

ISABEL
No midamos al prójimo con nuestro rasero.
En el grande, bromear con los santos es ingenio;
en el humilde, vil profanación.

LUCIO [*aparte a* ISABEL]
Muy bien, muchacha. Dadle más.

ISABEL
Lo que en un capitán es un bufido,
en un soldado es blasfemia.

LUCIO [*aparte a* ISABEL]

¿Sabíais eso? Pues dadle más.

ANGELO

¿Por qué me aplicáis esos dichos?

ISABEL

Porque la autoridad, aunque yerre como todos,
encierra en sí una medicina
que pone en la llaga otra piel. Llamad
en vuestro pecho y preguntadle al corazón
si no conoce falta como la de mi hermano.
Si confiesa una vena pecadora cual la suya,
no emita vuestra lengua un pensamiento
contra la vida de mi hermano.

ANGELO [*aparte*]

Habla con tal sentido
que mi sentido se despierta.— Quedad con Dios.

ISABEL

Noble señor, volved.

ANGELO

Lo consideraré. Venid mañana.

ISABEL

Oíd cómo os soborno. Volved, señor.

ANGELO

¿Cómo? ¿Sobornarme?

ISABEL

Sí, con gracias que el cielo partirá con vos.

LUCIO [*a* ISABEL]

Creí que lo estropeabais.

ISABEL

No con vanas monedas de oro puro,
ni piedras cuyo precio aumenta o cae
con el valor del capricho, sino con preces
que subirán al cielo y entrarán en él

antes del alba, plegarias de almas incorruptas,
vírgenes que ayunan y no entregan
su espíritu a nada temporal.

ANGELO

Bien, venid a verme mañana.

LUCIO [*aparte a* ISABEL]

Ya está, vámonos.

ISABEL

El cielo os guarde, Excelencia.

ANGELO [*aparte*]

Así sea, pues voy por el camino en que se cruzan
la tentación y las plegarias.

ISABEL

¿A qué hora os visito mañana, mi señor?

ANGELO

A cualquier hora antes del mediodía.

ISABEL

¡Dios os guarde!

[*Salen* ISABEL, LUCIO *y el* ALCAIDE.]

ANGELO

De ti, de tu virtud.
¿Qué es esto? ¿Qué es esto? ¿Culpa suya o mía?
¿Quién peca más? ¿Tentador o tentado, eh?
Ella no, ella no tienta. Soy yo quien,
tendido al sol junto a la violeta,
igual que la carroña, no que la flor,
me pudro por la cálida virtud. ¿Puede ser
que la pureza nos delate el sentido
más que la indecencia? Habiendo tanto yermo,
¿queremos arrasar el santuario

y dejar en él nuestra inmundicia? ¡Uf, calla!
¿Qué haces? ¿Dónde estás, Angelo?
¿La deseas de un modo deshonesto
por aquello que la honra? ¡No muera su hermano!
Cuando roban los jueces, los ladrones
tienen potestad para robar. ¿Qué? ¿La amo,
pues deseo volver a oír su voz,
deleitarme en sus ojos? ¿Qué es lo que sueño?
¡Ah, astuto enemigo! Para atrapar a un santo
pones santos en tu anzuelo. La tentación
más peligrosa es la que empuja a pecar
por amor a la virtud. Jamás la ramera,
con su doble encanto de naturaleza y arte,
conmovió mi temple, pero esta joven virtuosa
me subyuga. Hasta hoy el amor bobo
me hacía sonreír y preguntarme cómo.

Sale.

II.iii *Entran el* DUQUE [*disfrazado de fraile*] *y el* ALCAIDE.

DUQUE
Salud, alcaide... Creo que lo sois.

ALCAIDE
Soy el alcaide. ¿Qué deseáis, buen padre?

DUQUE
La caridad y mi sagrada orden
me traen a visitar a las almas afligidas
que están aquí, en la cárcel. Según nuestro
[derecho,
permitidme verlas y hacedme saber

la naturaleza de sus faltas, por que cumpla
mi función en consecuencia.

ALCAIDE
Y haría más, si fuera necesario.

Entra JULIETA.

Mirad, aquí viene una de nuestras damas,
que, presa de sus ardores juveniles,
ha empañado su honra. Espera un niño,
y el padre, condenado: un joven
que está más hecho para cometer la misma falta
que para morir por ella.

DUQUE
¿Cuándo ha de morir?

ALCAIDE
Según creo, mañana.
[*A* JULIETA] Os lo he arreglado todo. Esperad
y seréis acompañada.

DUQUE
¿Deploras, bella joven, el pecado que en ti llevas?

JULIETA
Sí, y llevo con paciencia mi deshonra.

DUQUE
Te enseñaré a enjuiciar tu conciencia
y juzgar si tu arrepentimiento
es sincero o es fingido.

JULIETA
Aprenderé gustosa.

DUQUE
¿Amas al hombre que te hizo mal?

JULIETA
Sí, como amo a la mujer que le hizo mal.

DUQUE

Por lo visto, vuestra acción pecaminosa
la cometisteis de común acuerdo.

JULIETA

Así fue.

DUQUE

Entonces tu pecado es más grave que el suyo.

JULIETA

Lo confieso y me arrepiento, padre.

DUQUE

Es lo propio, hija, pero si te arrepientes
porque el pecado te ha traído esta vergüenza,
con un dolor vuelto a nosotros y no al cielo,
mostrando que al cielo no respetas por amor,
sino por miedo...

JULIETA

Me arrepiento porque es un pecado
y acepto con gozo mi deshonra.

DUQUE

Sigue así. Tu compañero
me dicen que ha de morir mañana;
con él voy para instruirle.
La gracia sea contigo. *Benedicite.*

Sale.

JULIETA

¿Morir mañana? ¡Ah, injusto amor,
que prorrogas una vida cuya dicha
es un horror de muerte!

ALCAIDE

¡Qué pena da Claudio!

Salen.

II.iv *Entra* ANGELO.

ANGELO

Quiero rezar y pensar, pero ideas y oraciones
se dispersan. Mis palabras vacías van al cielo,
mientras mi imaginación, sorda a mi lengua,
se ancla en Isabel: Dios en mi boca,
cual si sólo su nombre paladeara,
y en mi pecho, el mal que he concebido,
creciendo y afirmándose. Gobernar,
que fue mi estudio, es como un buen libro
que, muy leído, se vuelve árido y pesado;
mi seriedad, que (nadie me oiga) es mi orgullo,
podría cambiarla, en mi provecho, por liviana
[pluma
que el aire mueve sin objeto. ¡Posición, rango!
¡Cuántas veces tu ropaje infunde temor
entre los bobos y tu engañoso aspecto
embauca a los más sabios! Sangre, eres sangre.
Pongamos «ángel bueno» en los cuernos del
[diablo:
divisa del diablo no será.

Entra un CRIADO.

¿Qué hay? ¿Quién es?

CRIADO

Una tal Isabel, una monja; desea veros.

ANGELO

Muéstrale el camino.

[*Sale el* CRIADO.]

¡Santo cielo! ¿Por qué la sangre me llena
el corazón, paralizándolo y privando
de eficacia a los órganos restantes?
Así obran las necias turbas con quien se desmaya:
se agolpan en su ayuda y le roban
el aire que debe reanimarlo. También
las gentes con su bienamado rey:
dejando sus tareas, en servil homenaje
se apiñan ante él, y su ignorante afecto,
quieras que no, parece ofensa.

Entra ISABEL.

¿Qué hay, bella joven?

ISABEL
Vengo a conocer vuestro deseo.

ANGELO
Desearía que ya lo conocieras, en vez
de preguntármelo. Vuestro hermano ha de morir.

ISABEL
Así sea. Quedad con Dios, Excelencia.

ANGELO
Podría vivir aún, quizá tanto
como vos o yo. Pero ha de morir.

ISABEL
¿Por sentencia vuestra?

ANGELO
Sí.

ISABEL
¿Cuándo, os lo suplico? Que en el intervalo,
largo o corto, pueda prepararse
y su alma no se pierda.

ANGELO

¿Eh? ¡Horror de inmundos vicios! Igual daría
indultar al que borró del mundo
a un hombre hecho que perdonarles el impuro
placer a los que estampan la imagen de Dios
en moldes prohibidos. Tan fácil es
quitar con dolo una vida auténtica
como verter metal por medios ilegítimos
para crear algo falso.

ISABEL

Está escrito en el cielo, no en la tierra[12].

ANGELO

¿Creéis eso? Respondedme a esta cuestión:
¿Qué preferís? ¿Que la muy recta ley
ajusticie a vuestro hermano o que, para salvarlo,
vos deis vuestro cuerpo al grato impudor,
como aquella a la que él ha mancillado?

ISABEL

Señor, os aseguro
que antes daría mi cuerpo que mi alma.

ANGELO

No hablo de vuestra alma; los pecados impuestos
se añaden, mas no cuentan.

ISABEL

¿Qué queréis decir?

ANGELO

No es que yo lo afirme; puedo argumentar
lo que no creo. Contestadme:

---

[12] Es decir, las leyes divinas prohíben tanto el crimen («borrar del mundo a un hombre hecho») como el engendrar bastardos («estampar la imagen de Dios en moldes prohibidos»), pero en las leyes humanas matar es mucho más grave.

yo, voz de la ley establecida,
condeno a muerte a vuestro hermano.
¿No podría haber en el pecado caridad
que salvara la vida de este hermano?

ISABEL

Si os place cometerlo,
sostendré, con peligro para mi alma,
que sería caridad y no pecado.

ANGELO

Si os placiera cometerlo en tal peligro,
pecado y caridad estarían equiparados.

ISABEL

Si peco suplicando por su vida,
¡que el cielo me lo impute! Si pecáis vos
accediendo, en mi rezo de maitines
pediré que esa falta se añada a mis ofensas,
sin que vos tengáis que responder.

ANGELO

Oídme: vuestro sentido no sigue al mío.
O sois ignorante o lo fingís astutamente,
y eso no está bien.

ISABEL

Pues sea yo ignorante y sólo sepa,
por la gracia de Dios, que no valgo para más.

ANGELO

Cuando quiere brillar más, la sabiduría
sabe humillarse; es como un antifaz negro:
anuncia mucho más una belleza
que mostrada al descubierto. Escuchadme.
Para que me entendáis, hablaré más claro:
vuestro hermano ha de morir.

ISABEL

Bien.

ANGELO

Y su delito, como se ha mostrado,
le hace reo ante la ley de ese castigo.

ISABEL

Cierto.

ANGELO

Suponed que el solo medio de salvarlo
(y no me adhiero a éste ni a otro alguno,
es mera hipótesis) fuera que vos, su hermana,
vierais que os desea una persona
cuyo crédito ante el juez o rango propio
podría librar a vuestro hermano de los hierros
de una ley que a todos ata, y que no hubiera
otro medio humano de salvarlo
que entregar vos a esa persona el tesoro
de vuestro cuerpo para que él no muera.
¿Qué haríais?

ISABEL

Por mi pobre hermano haría lo que por mí:
si me hubieran condenado a muerte, llevaría
como rubíes las marcas del cruel látigo
e, igual que ante un lecho deseado
con pasión, me desnudaría ante la muerte
antes que dar mi cuerpo a la vergüenza[13].

ANGELO

Entonces vuestro hermano morirá.

---

[13] Como observa Bawcutt en su edición, Isabel se ve a sí misma como una santa dispuesta a sufrir el martirio antes que perder su virginidad. Sin embargo, su modo de expresarlo confirma la paradoja observada y temida por Angelo al final de la entrevista anterior: la virtud de Isabel le excita más el deseo que el ardor de una impúdica (véase II.ii, págs. 92-93).

ISABEL

Sería lo mejor.
Más vale que un hermano muera una vez
antes que, por salvarle, una hermana
muera eternamente.

ANGELO

Entonces, ¿no seríais tan cruel como la pena
que tanto denigrabais?

ISABEL

Rescate indigno y libre indulto
no son hermanos. La legítima clemencia
no es pariente de la inmunda redención.

ANGELO

Pensé que hacíais de la ley una tirana
mostrando que el desliz de vuestro hermano
más que un vicio era una broma.

ISABEL

Perdonadme, señor. A veces, por lograr
lo que queremos, no decimos lo que pensamos.
Si tiendo a disculpar lo que aborrezco
es por el bien de un ser querido.

ANGELO

Todos somos frágiles.

ISABEL

Que muera mi hermano si es el único
y sin cómplices que tiene esa flaqueza.

ANGELO

Las mujeres son frágiles también.

ISABEL

Sí, como los espejos en los que se miran,
que, igual que crean imágenes, se rompen.
¿Mujeres? ¡Dios las guarde! Aprovechándose
[de ellas,

daña el hombre su creación[14]. Llamadnos diez veces [frágiles,
que somos tan suaves como nuestra complexión
y cedemos a las falsas impresiones.

ANGELO

Lo creo también
y, sobre esa confesión de vuestro sexo
(pues entiendo que a nosotros tampoco nos crearon
tan firmes ni tan invulnerables), voy a atreverme.
Os tomo la palabra. Sed lo que sois,
una mujer; si sois más, no sois mujer;
si lo sois, como bien acreditan
vuestros rasgos externos, demostradlo
y poneos el atuendo que os es propio.

ISABEL

Sólo tengo una lengua. Mi señor,
os ruego que me habléis en el idioma de antes.

ANGELO

Entendedlo claramente: os amo.

ISABEL

Mi hermano amó a Julieta y me decís
que morirá por eso.

ANGELO

No morirá, Isabel, si vos me dais amor.

---

[14] Varias interpretaciones son posibles, que no se excluyen entre sí. Al aprovecharse de la fragilidad de las mujeres, el hombre daña o degrada su creación porque son las mujeres las que le crean, o porque está creado a imagen y semejanza de Dios. O bien, degrada su lugar en la creación porque la mujer se consideraba parte del hombre («hueso de mis huesos y carne de mi carne», dice Adán de Eva en *Génesis*, 2.23).

ISABEL

Sé que vuestra virtud emplea su libertad,
que parece peor de lo que es,
para ponernos a prueba.

ANGELO

Por mi honor, creedme:
mis palabras expresan mi intención.

ISABEL

¡Ah! ¡Escaso honor para creerlo
e intención perversa! ¡Hipocresía, hipocresía!
Voy a denunciarte, Angelo, tenlo en cuenta.
Firma al instante el indulto de mi hermano
o a voz en cuello voy a decirle al mundo
qué clase de hombre eres.

ANGELO

¿Quién va a creerte, Isabel?
Mi limpio nombre, mi vida austera,
mi alegato contra ti y mi autoridad
a tal punto excederán tu acusación
que te sofocarás en tu denuncia
y olerás a calumniosa. Ya he empezado
y en mi sensual carrera suelto riendas.
Accede a mi voraz apetito,
guárdate recato y rubores dilatorios
que expulsan lo que anhelan. Salva a tu hermano
entregando tu cuerpo a mi deseo
o, si no, además de sufrir muerte,
tu desamor su muerte alargará
con tormentos incesantes. Responde mañana;
si no, por la pasión que ahora me empuja,
con él seré un tirano. Tú en vano grita:
tu verdad nunca podrá con mi mentira.

Sale.

ISABEL

¿A quién podré quejarme? ¿Quién me creería
si lo contara? ¡Ah, bocas peligrosas,
que llevan una misma lengua dentro
para condenar o para absolver,
haciendo que la ley se pliegue a sus deseos,
atando a su apetito lo justo con lo injusto
y tirando a voluntad! Voy con mi hermano.
Aunque ha cedido a los impulsos de la sangre,
encierra tal espíritu de honor
que, si tuviera veinte cabezas que ofrecer
a veinte sangrientos tajos, las daría
antes que su hermana hubiera de rendir
el cuerpo a tan odiosa humillación.
Isabel, vive casta; hermano, morirás;
antes que un hermano está la castidad.
Le contaré lo de Angelo y, a su alma,
porque muera en paz, voy a consolarla.

Sale.

III.i *Entran el* DUQUE [*disfrazado de fraile*], CLAUDIO *y el* ALCAIDE.

DUQUE

¿Así que esperáis que os indulte el *Signor* Angelo?

CLAUDIO

La esperanza es la sola medicina
de los míseros. Espero vivir
y para morir estoy preparado.

DUQUE

No dudéis de vuestra muerte: así será
más grata muerte o vida. Decidle a la vida:
si te pierdo, pierdo algo que tan sólo
querrían tener los necios. Aliento eres,
esclava de celestes influencias,
que afliges de continuo la morada
que te aloja. Eres juguete de la muerte:
en tu fuga te empeñas en rehuirla,
mas corres a su encuentro. No eres noble,
pues todas tus prendas y aderezos
se nutren de lo bajo. Ni valiente,
pues te asusta el blando dientecillo
de una sierpe. Tu mejor reposo es el sueño,
al que invitas a menudo, mas con simpleza
temes a la muerte, que no es más. No eres tú misma,
pues te nutres de un sinfín de granos
que brotan de la tierra. No eres feliz,
pues te afanas por lograr lo que no tienes
y olvidas lo que tienes. No eres firme,
pues tu índole varía de un modo extraño
con las fases de la luna. Si rica, eres pobre,
pues, cual asno cuyo lomo se dobla bajo el oro,
tú llevas tus pesadas riquezas sólo un viaje
y la muerte te descarga. Amigos no tienes,
pues la sangre que a ti te llama padre
y que es emanación de tus entrañas
maldice la gota, el impétigo, el catarro,
porque tardan en matarte. No eres vejez
ni juventud, sino una especie de siesta
que sueña con las dos, pues tu feliz juventud
se vuelve como vieja que mendiga
a la tullida vejez, y, cuando eres vieja y rica,

no tienes ardor, pasión, belleza o movimiento
que deleiten tu riqueza. ¿Qué hay en todo esto
digno de llamarse vida? Pues en tal vida
nos acechan mil muertes más, pero tememos
la muerte que allana adversidades.

CLAUDIO

Os lo agradezco. Anhelando vivir
busco la muerte, y deseando morir
encuentro vida. Que venga.

ISABEL [*dentro*]

¡Haya paz, gracia y buena compañía!

ALCAIDE

¿Quién es? Pasad, el deseo merece bienvenida.

DUQUE

Querido señor, vendré a veros pronto.

CLAUDIO

Gracias, reverendo padre.

Entra ISABEL.

ISABEL

Quisiera hablar con Claudio.

ALCAIDE

Sed bienvenida.—Señor, es vuestra hermana.

DUQUE

Alcaide, escuchad un momento.

ALCAIDE

Todos los que deseéis.

DUQUE

Llevadme donde pueda oírlos a escondidas.

[*Salen el* DUQUE *y el* ALCAIDE.]

CLAUDIO
    Bien, hermana. ¿Qué esperanza hay?
ISABEL
    La de siempre: muy buena, la mejor.
    El *Signor* Angelo, que se trata con el cielo,
    te nombra su presto embajador
    y allí te envía como eterno residente,
    conque apresura tus preparativos,
    que el viaje es mañana.
CLAUDIO
    ¿No hay remedio?
ISABEL
    Sólo uno, que, por salvar una cabeza,
    parte un corazón.
CLAUDIO
    Pero, ¿hay alguno?
ISABEL
    Sí, hermano, puedes vivir:
    hay una clemencia diabólica en el juez,
    que, si la imploras, librará tu vida,
    pero ha de encadenarte hasta la muerte.
CLAUDIO
    ¿Prisión perpetua?
ISABEL
    Sí, prisión perpetua, una reclusión
    que, aunque la inmensidad del mundo fuera tuya,
    te ataría a un punto fijo.
CLAUDIO
    ¿De qué modo?
ISABEL
    De modo tal que, si aceptases,
    la piel de tu honor te arrancarías,
    quedándote desnudo.

CLAUDIO

Di cuál es el caso.

ISABEL

Ah, Claudio, me das miedo, y tiemblo
por que abraces una vida de dolencias
y valores más seis o siete inviernos
que un honor perenne. ¿Te atreves a morir?
La muerte angustia más al concebirla;
el pobre escarabajo que pisamos
siente un dolor físico tan grande
como un gigante cuando muere.

CLAUDIO

¿Por qué me humillas así?
¿Crees que voy a sacar resolución
de floreos delicados? Si he de morir,
saldré al encuentro de la noche, y en mis brazos
la estrecharé como a una novia.

ISABEL

Habló mi hermano, salió una voz
de la tumba de mi padre. Sí, has de morir:
tu vida es demasiado noble para guardarla
con bajezas. Ese delegado de aire santo,
de impávido rostro y palabra bien medida,
que apresa a los jóvenes y espanta las locuras
como el halcón a las aves, es un demonio;
sacando su inmundicia, veríamos
un estanque más hondo que el infierno.

CLAUDIO

¿El riguroso Angelo?

ISABEL

¡Ah, el ropero del diablo astutamente
envuelve y viste el cuerpo más maldito
con prendas rigurosas! ¿Te lo crees, Claudio?

Si yo le entrego mi virginidad,
tú quedarás libre.

CLAUDIO

¡Dios santo, no puede ser!

ISABEL

Sí, te dará libertad, por mi vil pecado,
para que sigas pecando. Esta noche
debo hacer lo que detesto nombrar,
o tú morirás mañana.

CLAUDIO

No lo harás.

ISABEL

¡Ah, si fuera sólo por mi vida,
la arrojaría como un pelo por salvarte!

CLAUDIO

Gracias, buena hermana.

ISABEL

Prepárate a morir mañana, Claudio.

CLAUDIO

Sí. ¿Es que hay en él pasiones
que lo lleven a burlar así la ley
que pretende imponer? Sin duda no es pecado
o es el menor de los siete capitales.

ISABEL

¿Cuál es el menor?

CLAUDIO

Si pecado mortal fuera, siendo él tan sabio,
¿querría ser castigado eternamente
por un lance momentáneo? ¡Ah, Isabel!

ISABEL

¿Qué dice mi hermano?

CLAUDIO

La muerte es horrible.

ISABEL

Y una vida sin honra, detestable.

CLAUDIO

Sí, pero morir sin saber adónde vamos,
yacer en fría rigidez, pudrirse;
calor, sentido, movimiento, volverse
una masa amorfa, y el espíritu gozoso
bañarse en ríos de fuego o habitar
en región escalofriante de hielos rocosos;
estar preso en los vientos invisibles,
volteado con violencia infatigable
por el flotante mundo[15], o estar peor que los peores
que, sin freno ni certeza, imaginan
oír aullidos. ¡Es harto horrible!
La vida más negra y detestable
que edad, dolor, miseria y cautiverio
pueden depararnos es la gloria
al lado del terror que da la muerte.

ISABEL

¡Santo cielo!

CLAUDIO

Querida hermana, ¡déjame vivir!
El pecado que salva la vida de un hermano

---

[15] Shakespeare parece recoger aquí una tradición que se remonta a Cicerón, según la cual las almas de los lujuriosos vuelan alrededor de la Tierra y sólo vuelven a ella después de muchos años de tormentos (según el comentario de Ambrosio Macrobio Teodosio a la obra perdida de Cicerón *El sueño de Escipión*). En la *Divina Comedia* Dante describe así los tormentos a que están sometidos los lujuriosos: «Pues la tromba infernal, siempre violenta, / a las almas arrastra en tremolina: / las voltea, sacude y atormenta». (*Infierno*, V, 31-33, trad. de Abilio Echevarría, Madrid, 1995.)

a tal punto lo absuelve la naturaleza
que se vuelve una virtud.

ISABEL

¡Ah, torpe bestia! ¡Mísero ruin! ¡Falaz cobarde!
¿Quieres volver a nacer con mi pecado?
¿No es algo incestuoso tomar vida
del oprobio de tu hermana? ¿Qué he de pensar?
¡No quiera Dios que mi madre engañara a mi padre!
Un brote tan salvaje, tan torcido,
jamás salió de su sangre. ¡Te desprecio!
¡Perece, muere! Si inclinándome lograra
librarte de tu sino, por mí se cumpliría.
Rezaré mil oraciones por que mueras;
por salvarte, ni palabra.

CLAUDIO

Pero, ¡escúchame, Isabel!

ISABEL

¡Ah, calla, quita! Tu pecado
no fue un accidente, es costumbre.
Perdonarte sería procurarte más placer;
mejor que mueras pronto.

CLAUDIO

¡Ah, escúchame, Isabel!

[*Vuelve a entrar el* DUQUE.]

DUQUE

Concededme un momento, hermana.

ISABEL

¿Qué deseáis?

DUQUE

Si disponéis de tiempo, me gustaría hablar con vos ahora mismo. Acceder a mi ruego os sería provechoso.

ISABEL

Tiempo de sobra no tengo. Quedarme sería robarlo a otros asuntos. No obstante, os espero.

DUQUE [*aparte a* CLAUDIO]

Hijo, vuestra conversación ha alcanzado mis oídos. Angelo no pensaba corromper a vuestra hermana; sólo quería poner a prueba su virtud para adiestrarse en su juicio del carácter humano. Ella, amparándose en su integridad, se lo ha negado honestamente y él lo ha aceptado muy gustoso. Soy confesor de Angelo y sé que es cierto, así que preparaos a morir. Y no ablandéis vuestra firmeza con esperanzas dudosas, pues mañana habéis de morir. Poneos de rodillas y preparaos.

CLAUDIO

Dejad que pida perdón a mi hermana. Estoy tan amargado de la vida que imploraré que me la quiten.

DUQUE

Manteneos firme. Adiós.

[*Sale* CLAUDIO.]

¡Alcaide, deseo hablaros!

[*Vuelve a entrar el* ALCAIDE.]

ALCAIDE

¿Qué deseáis, padre?

DUQUE

Que igual que habéis venido os vayáis[16]. Dejadme un rato con la joven. Mi propósito y mi hábito responden de que mi compañía no le hará daño.

---

[16] Quizá el duque quiera asegurarse de este modo de que el alcaide no va a oír la conversación privada que va a tener con Isabel.

ALCAIDE

Muy bien.

Sale.

DUQUE

La mano que os hizo bella os hizo buena. La bondad que prodiga su belleza hace que la belleza pierda pronto su bondad, mas la gracia, que es alma de vuestro ser, conservará siempre bello vuestro cuerpo. El azar me ha dado noticia de la ofensa que os ha hecho Angelo. Si la flaqueza no ofreciera precedentes de tal yerro, Angelo me asombraría. ¿Cómo haréis para satisfacerle y salvar a vuestro hermano?

ISABEL

Voy a responderle con firmeza. Prefiero que mi hermano muera por la ley a que me nazca un hijo ilegítimo. ¡Ah, qué engañado está el buen duque con Angelo! Si vuelve y puedo hablarle, abriré la boca en vano si no denuncio su conducta.

DUQUE

Eso no vendría mal, pero, tal como está el asunto, él sorteará la acusación diciendo que sólo quería probaros, conque abrid el oído a mis consejos: a mi afán por obrar bien se le presenta un remedio. Tengo para mí que, con toda rectitud, podríais hacerle un servicio merecido a una pobre joven agraviada y redimir a vuestro hermano de una ley implacable, sin manchar vuestra virtud y agradando mucho al duque ausente, si por azar, cuando volviera, tuviese noticia de este asunto.

ISABEL

Seguid hablando. Tengo ánimo para todo lo que no empañe la pureza de mi ánimo.

DUQUE

La virtud es valiente y la bondad no es pusilánime. ¿No habéis oído hablar de Mariana, la hermana de Federico, el gran soldado que murió en el mar?

ISABEL

He oído hablar de ella, y siempre con elogios.

DUQUE

Se iba a casar con Angelo: se habían prometido formalmente y se concertó la boda. Entre el compromiso y el día de la celebración naufragó su hermano Federico, y con el barco se hundió la dote de su hermana. Oíd el infortunio de la pobre dama: perdió a un hermano noble y afamado que la quería con gran ternura; con él su dote, nervio primordial de su fortuna; con ambos, su esposo prometido, el engañoso Angelo.

ISABEL

¿Es posible? ¿Y él la dejó así?

DUQUE

La dejó deshecha en lágrimas y ni una sola secó por consolarla; se saltó su juramento alegando testimonios de indecencia contra ella. En suma: la abandonó a su dolor, que por él todavía lleva; y él es para sus lágrimas un mármol: lo bañan, mas no lo ablandan.

ISABEL

¡Qué admirable la muerte si se llevara a la pobre de este mundo! ¡Qué inmunda esta vida, que deja vivo a este hombre! Pero ella, ¿cómo va a beneficiarse de esto?

DUQUE

Su herida podéis sanarla fácilmente, y su cura no sólo salva a vuestro hermano, sino que os libra de todo deshonor.

ISABEL

Mostradme cómo, padre.

DUQUE

En la joven que os he dicho aún alienta su amor. La injusta crueldad sufrida tendría que haberlo apagado, pero, como obstáculo en una corriente, se lo ha vuelto más vehemente e indomable. Volved con Angelo, responded a su deseo con obediencia fingida, consentid del todo en su demanda, mas reservaos estas condiciones: primera, no estar juntos mucho tiempo; segunda, que la hora sea oscura y silenciosa, y el lugar quede a vuestra elección. Aceptado esto, sigue todo: le diremos a la joven agraviada que os reemplace en vuestra cita, que vaya en lugar vuestro. Si después el encuentro se evidencia, él tendrá que compensarla; y así vuestro hermano quedará a salvo, vuestra honra sin mancha, la pobre Mariana pagada y el corrupto juez, juzgado. A la joven la voy a preparar para la prueba. Si os parece bien emprender esto, el doble beneficio exime de censura a la artimaña. ¿Qué pensáis?

ISABEL

Concebirlo ya me satisface, y confío en su logrado cumplimiento.

DUQUE

Depende mucho de vuestra habilidad. Volved con Angelo a toda prisa. Si desea gozaros esta noche, prometed darle contento. Yo voy ahora mismo a San Lucas; allí, en caserío aislado por un foso, reside con desánimo Mariana. Buscadme allí, y quedad con Angelo, deprisa.

ISABEL

Gracias por vuestro consuelo. Adiós, buen padre.

Sale[17].

Entran CODO, POMPEYO *y* GUARDIAS.

CODO

Pues si a la fuerza tenéis que estar comprando y vendiendo hombres y mujeres como si fuesen bestias, todo el mundo beberá vino bastardo tinto y blanco.

DUQUE

Santo Dios, ¿qué gente es ésta?

POMPEYO

Ya todo anda triste desde que, de las dos usuras[18], suprimieron la alegre, y a la mala, la ley le permite abrigarse con gabán de pieles; pieles de zorro, pero también de cordero, para indicar que la astucia, más rica que la inocencia, se adorna por fuera.

CODO

Venga, vamos.— Dios os bendiga, padre fraile.

DUQUE

Y a vos, padre hermano. ¿Qué ofensa os ha hecho este hombre?

---

[17] Algunos editores abren aquí una nueva escena, a diferencia del texto de 1623, al que me atengo en este punto. Sin embargo, el duque permanece en escena y la acción prosigue ininterrumpidamente hasta el final del acto. Recuérdese que el espacio escénico del teatro isabelino carecía de localización y no empleaba la escenografía realista de épocas posteriores.

[18] Para Pompeyo, el préstamo y la lujuria son usuras porque ambas procrean.

CODO

Señor, ha ofendido a la ley; y, señor, también va preso por robar, pues le hemos encontrado una extraña ganzúa[19], que ya hemos enviado al delegado.

DUQUE

¡Uf! ¡Alcahuete, vil alcahuete!
El pecado al que incitas es tu medio
de existencia. Tú piensa lo que es
llenar el buche o vestir la espalda con el lucro
de tan inmundo vicio. Dite a ti mismo:
«Con sus innobles y sucios contactos
yo bebo, como, me visto y vivo».
¿Tú crees que es vida una ocupación
de tan hedionda vileza? ¡Anda a enmendarte!

POMPEYO

Un poco sí que hiede, señor, pero, señor, puedo probaros...

DUQUE

Si el demonio te da pruebas en favor del vicio,
es porque eres suyo. ¡A la cárcel con él, guardia!
El castigo y la instrucción han de obrar juntos
para que aprenda este salvaje.

CODO

Señor, tiene que presentarse al delegado, que ya le ha advertido. El delegado no tolera a los puteros. Cuando comparezca, como sea un putañero, se va a arrepentir.

DUQUE

¡Ah, fuéramos todos lo que parecemos,
libres de pecado y de fingimiento!

---

[19] Quizá se trate de una ganzúa para abrir cinturones de castidad.

Entra LUCIO.

CODO

Su cuello llevará lo que vuestra cintura: un cordón.

POMPEYO

¡Diviso esperanzas, a mí un fiador! He aquí un caballero y un amigo.

LUCIO

¿Qué hay, noble Pompeyo? ¿Tirado del carro de César, llevado en triunfo? ¿Es que no quedan estatuas de Pigmalión, hechas ya unas mujeres, disponibles con echar la mano al bolsillo y sacarla bien cerrada?[20]. ¿Qué respondes, eh? ¿Qué me dices de este tono, asunto y método? ¿Tanto ha llovido desde entonces? ¿Qué dices, viejo? ¿Es el mundo como era, amigo? ¿De qué modo hablarás? ¿Triste, parco? ¿Cómo? ¿De qué forma?

DUQUE

Dale que dale, y peor.

LUCIO

¿Qué tal mi reina, tu ama? ¿Sigue mediando, eh?

POMPEYO

La verdad, señor, se ha zampado toda la ternera y ahora tiene que poner su carne.

LUCIO

Eso está bien, es lo propio, lo justo. Zorra fresca, alcahueta repintada; resultado inevitable, es lo justo. ¿Vas a la cárcel, Pompeyo?

---

[20] Lucio alude a la estatua mitológica que cobró vida («se hizo mujer», jugando al mismo tiempo con la idea de perder la virginidad). La mano «cerrada» guarda una moneda para estas mujeres «disponibles» que, sin embargo, parece que ya no quedan.

POMPEYO

Sí, señor.

LUCIO

Pues no es ningún mal, Pompeyo. Adiós. Di que te envío yo. ¿Por deudas, Pompeyo, o por qué?

CODO

Por alcahuete, por alcahuete.

LUCIO

Entonces, a la cárcel. Si el presidio es la paga de alcahuetes, se lo merece. Alcahuete lo es sin duda, y de antiguo, alcahuete nato. Adiós, buen Pompeyo. Recuerdos a la cárcel, Pompeyo. Serás hombre de tu casa, Pompeyo, y no saldrás.

POMPEYO

Mi buen señor, espero que seáis mi fiador.

LUCIO

Pues no voy a serlo, Pompeyo; no es la moda. Rezaré para que te aumenten el encierro, Pompeyo. Si no lo llevas con paciencia, pues más cadenas. Adiós, fiel Pompeyo.— Dios os bendiga, padre.

DUQUE

Y a vos.

LUCIO

¿Se sigue pintando Brígida, Pompeyo?

CODO

Andando, amigo, vamos.

POMPEYO

Entonces, ¿no me salís fiador?

LUCIO

Ni entonces ni ahora, Pompeyo.— ¿Qué hay de nuevo, padre, qué hay de nuevo?

CODO

Vamos, amigo, andando.

LUCIO

A la perrera, Pompeyo, vamos.

[*Salen* CODO, POMPEYO *y* GUARDIAS.]

¿Hay noticias del duque, padre?

DUQUE

Que yo sepa, ninguna. ¿Vos sabéis algo?

LUCIO

Dicen algunos que está con el emperador de Rusia; otros, que en Roma. Pero, ¿dónde creéis vos que está?

DUQUE

No lo sé, pero, esté donde esté, yo le deseo dicha.

LUCIO

Fue un capricho estrafalario escabullirse del gobierno y usurpar una pobreza para la que no nació. El *Signor* Angelo actúa muy bien de duque, castiga duro el delito.

DUQUE

Hace bien.

LUCIO

Un poco de indulgencia con el vicio no le haría ningún daño. Demasiado riguroso, padre.

DUQUE

Un vicio demasiado habitual; hace falta rigor para curarlo.

LUCIO

Sí, la verdad es que tiene prole numerosa y bien emparentada, pero, padre, será imposible extirparlo mientras no se prohíba comer y beber. Dicen que este Angelo no nació de hombre y mujer según el modo normal de procreación. ¿Es verdad eso?

DUQUE

Pues, ¿cómo nació?

LUCIO

Unos dicen que lo parió una sirena; otros, que lo engendraron dos bacalaos. Lo cierto es que, cuando orina, sale hielo; esto sé que es verdad. Y que es un pelele impotente, esto es infalible.

DUQUE

Bromeáis, señor, y habláis muy rápido.

LUCIO

Pues, ¿no es una crueldad ajusticiar a un hombre porque se le ha sublevado la bragueta? ¿Lo haría el duque ausente? Antes que ahorcar a nadie por engendrar cien bastardos, habría pagado la crianza de mil. Él no era ajeno al placer, conocía el asunto, y eso le enseñaba a ser clemente.

DUQUE

Jamás oí acusar de mujeriego al duque ausente; esa afición no la tenía.

LUCIO

Señor, estáis equivocado.

DUQUE

Imposible.

LUCIO

¿Que el duque no? Sí, con la mendiga cincuentona, y él le echaba un ducado en el platillo. El duque tenía sus antojos. También se emborrachaba, por si no lo sabíais.

DUQUE

Sin duda le ofendéis.

LUCIO

Señor, yo era íntimo suyo. El duque es que era reservado, y yo creo saber por qué se ausentó.

DUQUE

¿Queréis decirme por qué?

LUCIO

No, perdonadme; es un secreto que hay que guardar de labios adentro. Pero esto sí que diré: la mayoría de sus súbditos tenía al duque por sabio.

DUQUE

¿Sabio? Ya lo creo que lo era.

LUCIO

Superficial, ignorante, atolondrado.

DUQUE

Eso lo decís por malquerencia, necedad o error. El curso de su existencia y su modo de gobierno demostrarían que merece mejor retrato. Que den testimonio de él sus propios logros y aparecerá ante el malévolo como hombre de letras, de Estado y de armas. Así que habláis como ignorante, o lo que sabéis os lo enturbia la inquina.

LUCIO

Señor, lo conozco y aprecio.

DUQUE

El aprecio habla con más conocimiento, y el conocimiento, con más aprecio.

LUCIO

Vamos, señor; yo sé lo que sé.

DUQUE

No puedo creerlo, pues no sabéis lo que decís. Pero si él regresa —como pido en mis plegarias—, tened a bien hablar en su presencia. Si habéis dicho la verdad, la sostendréis valientemente. Es mi obligación citaros; decidme, ¿cómo os llamáis?

LUCIO

Señor, me llamo Lucio, muy conocido del duque.

DUQUE

Si vivo para informarle, os va a conocer mejor.

LUCIO

No me asustáis.

DUQUE

¡Ah! O esperáis que el duque ya no vuelva o me creéis un oponente inofensivo. La verdad es que puedo haceros poco daño: retiraréis lo dicho.

LUCIO

Antes, que me ahorquen; os equivocáis conmigo, fraile. Pero ya basta. ¿Sabéis si Claudio morirá mañana o no?

DUQUE

¿Por qué había de morir?

LUCIO

¿Por qué? Por llenar una botella con embudo. ¡Ojalá hubiera vuelto ya el duque! Su infértil representante va a despoblar la provincia con su continencia. Los gorriones, que son lascivos, no anidarán bajo su alero. El duque trataría privadamente los actos privados, nunca los sacaría a la luz. ¡Ojalá hubiera vuelto! ¡Hala, Claudio condenado por desabrocharse! Adiós, buen fraile, rezad por mí. El duque, os lo repito, los viernes no se privaba de la carne. Ahora no está para eso, pero yo os digo que se daría un morreo con una mendiga, aunque oliese a ajos y a pan pasado. Decid que lo dije yo. Adiós.

Sale.

DUQUE

No existe poder ni grandeza humana
que escape a la crítica; la calumnia ataca
la virtud más pura. ¿Qué rey es tan fuerte
que frene la hiel de la lengua hiriente?
Pero, ¿quién llega?

Entran ESCALO, *el* ALCAIDE *y* [GUARDIAS *con*] DOÑA REGOZADA.

ESCALO

Vamos, a la cárcel con ella.

DOÑA REGOZADA

Sed bueno conmigo, buen señor, que tenéis fama de indulgente. ¡Buen señor!

ESCALO

¡Advertida hasta tres veces y reincide! Esto haría rabiar a la indulgencia y volverla tiránica.

ALCAIDE

Con permiso, señor: esta alcahueta tiene once años de antigüedad.

DOÑA REGOZADA

Señor, quien ha informado contra mí es un tal Lucio[21]. Cuando estaba el duque, dejó encinta a Catia Camas y le prometió el matrimonio. El niño cumplirá un año y tres meses por San Felipe y Santiago[22]. Se lo he criado yo y ¡mira cómo me trata!

---

[21] Según esto, Lucio actúa como una especie de informante, confidente o delator. Cuando llevaban a la cárcel a Pompeyo (véase pág. 119), le decía a éste «Di que te envío yo», y, tras insistir en la lujuria del duque, se ha despedido de él con «Decid que lo dije yo».

[22] El tres de mayo.

ESCALO

Ése es un licencioso; que comparezca ante mí. ¡A la cárcel con ella! Vamos, no más palabras.

[*Salen los* GUARDIAS *con* DOÑA REGOZADA.]

Alcaide, mi compañero Angelo no va a ceder: Claudio morirá mañana. Que le asistan sacerdotes y reciba todos los auxilios cristianos. Si Angelo obrase con mi lástima, Claudio no se vería así.

ALCAIDE

Con permiso, este fraile ha estado con él y le ha instruido para enfrentarse a la muerte.

ESCALO

Buenas tardes, padre.

DUQUE

¡Dicha y bondad sean con vos!

ESCALO

¿De dónde sois?

DUQUE

No soy del país, aunque el azar
me trae aquí por un tiempo. Soy hermano
de una orden pía, recién llegado de Roma
por encargo especial del Santo Padre.

ESCALO

¿Qué hay de nuevo en el mundo?

DUQUE

Nada, salvo que la bondad está tan enferma que sólo se curará muriéndose. Ya sólo interesa lo nuevo y, así las cosas, tan peligroso es obstinarse en un hábito como meritorio es porfiar en cualquier empresa. Apenas hay lealtad que asegure las alianzas, y sí despreocupación que las acaba haciendo odiosas. El buen juicio del mundo se mueve conforme a esta paradoja. Noticia vieja, mas noticia de cada día. Decidme, señor, ¿qué carácter tenía el duque?

ESCALO

Un carácter que, más allá de otros afanes, pugnaba sobre todo por conocerse.

DUQUE

¿Y qué le complacía?

ESCALO

Más regocijarse de ver a otro alegre que alegrarse de lo que ofreciera darle regocijo: un caballero bien templado. Pero dejémoslo con sus asuntos, rezando por que sean propicios, y tened a bien decirme si veis preparado a Claudio. Se me ha hecho saber que le habéis dispensado una visita.

DUQUE

Asegura no haber recibido un trato injusto de su juez, y de buen grado se pliega a la decisión de la justicia. Llevado de la flaqueza, se había forjado esperanzas de vivir, que yo, con toda calma, le he disipado, y ahora ya está resuelto a morir.

ESCALO

Habéis cumplido ante el cielo con vuestro deber y ante el preso con vuestra vocación. He abogado por el pobre caballero hasta el borde del respeto, pero mi compañero juez ha estado tan riguroso que he tenido que decirle que él es la justicia pura.

DUQUE

Si su vida responde al rigor de sus métodos, le irá bien; como falle, se ha sentenciado.

ESCALO

Voy a ver al preso. Adiós.

DUQUE

La paz sea con vos.

[*Salen* ESCALO *y el* ALCAIDE.]

Quien lleva espada del cielo
sea tan santo cual severo,
pauta de virtud y gracia
en la acción y la constancia,
e imponga la pena justa
que dicten sus propias culpas.
¡Mal haya el que arranca vidas
por pecados que él codicia!
Sea de Angelo vergüenza:
mi mal quita, el suyo riega.
¡Cuánto puede uno ocultarse,
aunque por fuera sea un ángel!
¡Cómo un ruin con aire santo,
contra el mundo maquinando,
enreda con telaraña
cosas de rango y sustancia!
Contra el vicio he de tramar.
Con Angelo hoy dormirá,
fingiendo, la que él plantó,
quien le hará, con tal ficción,
pagar su vil exigencia
y cumplir viejas promesas.

Sale.

IV.i *Entran* MARIANA *y un* MUCHACHO *que canta.*

MUCHACHO

Esos labios llévate,
que dulces perjuros son,
y esos ojos, que tan bien
burlan a la luz del sol.
Mas mis besos vuélveme, vuélveme,
vanos sellos de un amor, de un amor[23].

Entra el DUQUE [*disfrazado de fraile*].

MARIANA

Deja ya tu canto y sal de aquí ahora mismo.
Quien viene a verme me consuela, y muchas veces
sus consejos han calmado mi amargura.

[*Sale el* MUCHACHO.]

Perdonadme, señor; no habría querido
ser hallada gozando de la música.
Permitid que me disculpe. Os lo aseguro:
consolaba mi dolor, no era por gusto.

DUQUE

Bien, mas la música tiene tal encanto
que al mal hace bueno y al bien lleva al daño.
Decidme, ¿ha preguntado alguien por mí hoy? Prometí que acudiría hacia esta hora.

---

[23] Sobre esta canción véanse nota y partitura en el Apéndice, págs. 183-184.

MARIANA

Por vos no ha preguntado nadie, y yo he estado aquí todo el día.

Entra ISABEL.

DUQUE

Os creo de veras. La hora ha llegado. Os ruego que os retiréis un momento; quizá os llame enseguida por algo que os conviene.

MARIANA

Siempre deudora vuestra.

Sale.

DUQUE

Bien hallada y bienvenida.
¿Qué nuevas hay del buen representante?

ISABEL

Él tiene un jardín circunmurado
que da a una viña por el lado de poniente;
la entrada a la viña es una puerta maderada
que hay que abrir con esta llave grande;
esta otra abre una portezuela
que conduce al jardín desde la viña.
Allí le he hecho promesa de acudir
en la oscura gravidez de medianoche.

DUQUE

Mas, ¿sabréis encontrar el camino?

ISABEL

He tomado nota exacta y cautelosa.
Con susurros y culpable diligencia,
con gestos y palabras, me ha indicado
dos veces el camino.

DUQUE

¿Y no habéis convenido alguna seña
que ella deba dar?

ISABEL

No, sólo que sería una cita a oscuras.
Le he dicho que lo más que puedo estar
es un momento, pues, como le he hecho saber,
va a venir conmigo una criada
que estará esperándome, creyendo
que voy allí por mi hermano.

DUQUE

Bien concebido. Aún no le he dicho a Mariana
una palabra de esto.— ¡Eh, ahí dentro, venid ya!

Entra MARIANA.

Quiero que conozcáis a esta joven;
viene a haceros bien.

ISABEL

Es lo que deseo.

DUQUE

¿Estáis convencida de que os considero mucho?

MARIANA

Buen padre, sé que sí y lo he visto.

DUQUE

Tomad de la mano a esta compañera,
que va a contarle algo a vuestro oído.
Me quedo a esperaros, pero daos prisa:
la noche nebulosa ya se acerca.

MARIANA

¿Queréis venir conmigo?

Sale [*con* ISABEL].

DUQUE

¡Ah, rango y grandeza! En ti se clavan
millones de ojos pérfidos; rumores sin fin
siguen pistas falsas y ladran hostilmente
tus acciones; miles de ocurrencias
te hacen el padre de sus desvaríos
y con sus ficciones te deforman.

Entran MARIANA *e* ISABEL.

¡Muy bien! ¿Estáis de acuerdo?

ISABEL

Si vos lo aprobáis,
ella acepta el cometido, padre.

DUQUE

No sólo lo apruebo: lo suplico.

ISABEL

Cuando le dejéis, habladle apenas,
salvo para decirle en voz muy baja:
«Ahora acordaos de mi hermano».

MARIANA

No temáis.

DUQUE

Tampoco temáis vos, querida hija.
Él es vuestro esposo por su compromiso[24];
no es pecado uniros de este modo,
ya que vuestros derechos sobre él

---

[24] El contraído por Angelo en ceremonia de esponsales (cuya legalidad seguía vigente en la Inglaterra de Shakespeare), por los cuales Angelo se convertía en esposo de Mariana. Véase al respecto pág. 62 y nota 7, e Introducción, págs. 24-25.

justifican el engaño. Vamos ya;
antes de recoger, aún hay que sembrar.

Salen.

IV.ii *Entran el* ALCAIDE *y* POMPEYO.

ALCAIDE

¡Eh, tú, ven aquí! ¿Tú sabes cortarle la cabeza a un hombre?

POMPEYO

Señor, si es soltero, sí; si es casado, él es cabeza de su esposa, y yo a una casada no voy a tocarle nada.

ALCAIDE

Anda, déjate de equívocos y da respuestas claras. Mañana temprano han de morir Claudio y Bernardino. Aquí, en la cárcel, tenemos un verdugo que está sin ayuda. Si aceptas ser su ayudante, te libras de tus cadenas; si no, cumplirás íntegramente tu castigo y quedarás en libertad tras crueles azotes, pues has sido un notorio alcahuete.

POMPEYO

Señor, he sido alcahuete sin ley desde ya no sé cuándo, pero ahora seré verdugo legal. Me alegrará ser instruido por mi compañero.

ALCAIDE

¡Eh, Putoespanto! ¿Dónde está Putoespanto?

Entra PUTOESPANTO.

PUTOESPANTO

¿Llamabais, señor?

ALCAIDE

Oye, este hombre te va a ayudar mañana en la ejecución. Si te parece bien, queda con él para todo el año y que se aloje aquí contigo. Si no, empléalo para esto y lo despides. Que no te venga con honras: ha sido alcahuete.

PUTOESPANTO

¿Alcahuete? ¡Quita allá! Éste va a desprestigiar nuestro arte.

ALCAIDE

Vamos, que tú pesas igual: una pluma inclinaría la balanza.

Sale.

POMPEYO

Señor, tened la bondad de decirme (pues bondad tendréis, aunque parezcáis patibulario), ¿llamáis arte a vuestro oficio?

PUTOESPANTO

Sí, señor, arte.

POMPEYO

Señor, he oído decir que la pintura es un arte, y las putas, que son parte de mi oficio, como usan pintura, hacen de mi oficio un arte. Pero, ¿qué arte puede haber en ahorcar? Que me ahorquen si lo entiendo.

PUTOESPANTO

Pues es un arte.

POMPEYO

Demostradlo.

PUTOESPANTO

Al ladrón le viene bien la ropa de un hombre honrado...

POMPEYO

Si le está pequeña, el hombre honrado la cree lo bastante grande; si le está grande, el ladrón la cree muy pequeña; luego al ladrón le viene bien la ropa de un hombre honrado[25].

Entra el ALCAIDE.

ALCAIDE

¿Ya estáis de acuerdo?

POMPEYO

Señor, seré su ayudante, pues me consta que el oficio de verdugo es más penitente que el de alcahuete: se pide perdón más a menudo[26].

ALCAIDE

Vamos, tú: ten preparados el hacha y el tajo para las cuatro de la mañana.

PUTOESPANTO

Ven, alcahuete, que te voy a instruir en el oficio. Sígueme.

---

[25] La mayoría de las ediciones modernas corrigen el texto de 1623 y ponen todo el silogismo de Pompeyo en boca del verdugo. Sin embargo, como observa Bawcutt en la suya, no hay necesidad de corrección si se entiende que Pompeyo, con su ingenio y rapidez, le arrebata a su interlocutor un argumento iniciado torpemente, quizá parándose. Añadamos que este gesto encaja perfectamente en el carácter de Pompeyo, mientras que el verdugo, de escasa presencia en la obra, habla poco y nunca como hombre ingenioso.

[26] Alusión a la costumbre de los verdugos de pedir perdón al condenado antes de ejecutarlo.

POMPEYO

Señor, deseo aprenderlo y espero que, si tengo ocasión de ejercerlo cuando os toque, estaré a punto. Pues, señor, vuestra bondad merece un buen trato.

ALCAIDE

Llamad a Bernardino y a Claudio.

Salen [PUTOESPANTO *y* POMPEYO].

Del uno me apiado; del otro, nada,
que es un criminal, ya fuera mi hermano.

Entra CLAUDIO.

Mirad, Claudio: la orden de vuestra muerte.
Es ya medianoche; mañana a las ocho
seréis inmortal. ¿Y Bernardino?

CLAUDIO

Tan cautivo del sueño como la fatiga,
cuando deja derrengado a un trabajador.
No despierta.

ALCAIDE

¿Habrá quien le ayude? — Bien, preparaos.

[*Llaman dentro.*]

¿Eh, qué ruido es ése? — El cielo os asista.

[*Sale* CLAUDIO.]

¡Ya voy! Espero que sea un indulto o un perdón
para el muy noble Claudio.

Entra el DUQUE [*disfrazado de fraile*].

Bienvenido, padre.

DUQUE
¡Que os envuelvan los espíritus más benignos
de la noche, buen alcaide! ¿Quién ha venido
[ahora?

ALCAIDE
Desde el toque de queda, nadie.

DUQUE
¿Isabel, no?

ALCAIDE
No.

DUQUE
Llegarán pronto.

ALCAIDE
¿Hay consuelo para Claudio?

DUQUE
Lo hay en la esperanza.

ALCAIDE
El juez es implacable.

DUQUE
No, no; su vida va a la par
de la línea y el trazo de la ley.
Con santa abstinencia él somete
en sí lo que, imponiendo su poder,
refrena en los demás. Si le manchase
lo que él castiga en otros, sería un tirano.
No siendo así, es justo.

[*Llaman dentro. Sale el* ALCAIDE.]

Ya han llegado. Buen alcaide: es muy raro
que un duro guardián sea tan humano.

[*Llaman dentro.*]

¡Cuánto ruido! Poseído de la prisa
está el espíritu que hiere así la puerta.

[*Entra el* ALCAIDE.]

ALCAIDE
Ahí se va a quedar hasta que el guardia
se levante para abrirle. Ya está llamado.

DUQUE
¿No tenéis contraorden para Claudio?
¿Ha de morir mañana?

ALCAIDE
Ninguna, señor.

DUQUE
Por más que corra la noche, alcaide,
antes del alba tendréis noticias.

ALCAIDE
Quizá vos sepáis algo, mas yo creo
que no habrá contraorden. Precedentes no hay.
Además, el *Signor* Angelo, en el sitial
de la justicia, públicamente,
ha declarado lo contrario.

Entra un MENSAJERO.

El criado de Su Excelencia.

DUQUE
Con el indulto para Claudio.

MENSAJERO

Mi señor os envía esta carta y, además, me manda deciros que no os apartéis lo más mínimo de sus órdenes, ni respecto a la hora, el asunto u otras circunstancias. Os doy ya los buenos días, pues creo que va a amanecer.

ALCAIDE

Será obedecido.

[*Sale el* MENSAJERO.]

DUQUE

Es su indulto, adquirido con pecado
en que el mismo perdonante está enredado.
El delito actúa con celeridad
cuando está apoyado por la autoridad.
Cuando el mal perdona, el perdón se tuerce,
pues la culpa hace estimado al delincuente.—
Bien, señor, ¿qué noticias hay?

ALCAIDE

Las que os dije. El *Signor* Angelo, tal vez creyéndome indolente en mi tarea, me incita con este apremio inusitado, lo que es raro, pues no lo había hecho antes.

DUQUE

Oigamos la carta.

[ALCAIDE, *leyendo*] *la carta.*

«Aunque te digan otra cosa en contrario, que Claudio sea ejecutado a las cuatro de la mañana, y Bernardino por la tarde. Para mayor seguridad mía, séame enviada la cabeza de Claudio a las cinco. Actúese debidamente, considerando que de ello depende mucho más de lo que ahora debe revelarse. No dejes de cumplir o te expones al castigo.»

¿Qué decís a esto, señor?

DUQUE

¿Quién es ese Bernardino al que hay que ajusticiar por la tarde?

ALCAIDE

Un oriundo de Bohemia, pero se crio aquí; lleva preso nueve años.

DUQUE

¿Cómo es que el duque ausente no lo ha puesto en libertad o ejecutado? Según tengo entendido, es lo que hacía.

ALCAIDE

Los suyos obtenían aplazamientos; de su delito no ha habido pruebas concluyentes hasta el mandato del *Signor* Angelo.

DUQUE

¿Y ahora es evidente?

ALCAIDE

Incuestionable, y él no lo ha negado.

DUQUE

¿Se ha mostrado arrepentido aquí, en la cárcel? ¿Cómo le ha afectado?

ALCAIDE

Para él la muerte no es más aterradora que dormir las borracheras. No le angustia, ni le inquieta, ni le asusta lo pasado, presente o venidero: insensible a la muerte y mortal sin esperanza.

DUQUE

Necesita auxilios.

ALCAIDE

No los quiere. Aquí siempre ha tenido libertad de

movimiento; dejadle huir y no lo hará. Muchas veces al día está borracho, si no lo está del todo muchos días. Lo despertamos a menudo como para llevarlo al patíbulo, enseñándole una falsa orden, y él se queda igual.

DUQUE

Hablemos de él después. Alcaide, vuestra frente lleva escritas la honradez y la lealtad. Si no la leo fielmente, es que me engaña mi experiencia; mas, seguro de ella, voy a arriesgarlo todo. Claudio, a quien se os ha ordenado ejecutar, no es más culpable ante la ley que Angelo, que lo ha condenado. Para hacéroslo entender con pruebas manifiestas, os ruego un plazo de sólo cuatro días. Para ello es preciso que me hagáis un favor inmediato y peligroso.

ALCAIDE

¿Cuál, padre?

DUQUE

El de aplazar su muerte.

ALCAIDE

¡Ah! ¿Cómo puedo hacerlo, con la hora ya prescrita y la orden expresa de mostrar, bajo amenaza de castigo, su cabeza al propio Angelo? Si me opongo lo más mínimo, me veré en el caso de Claudio.

DUQUE

Si seguís mis instrucciones, por el voto de mi orden que tendréis plenas garantías. Que se ejecute a Bernardino esta mañana y llevadle su cabeza a Angelo.

ALCAIDE

Angelo ha visto a los dos y reconocerá la cara.

DUQUE

¡Ah! La muerte sabe disfrazar y vos podéis contribuir. Rapadle la cabeza y recogedle la barba, y decid que fue voluntad del reo el ser rapado antes de morir. Sabéis que se hace. Si por esto recibís otra cosa que no sea gratitud y fortuna, por el santo de mi orden, que os defenderé con mi propia vida.

ALCAIDE

Perdonad, padre: va contra mi juramento.

DUQUE

¿A quién se lo prestasteis? ¿Al duque o a su delegado?

ALCAIDE

Al duque y a sus representantes.

DUQUE

¿Creeréis que no habéis infringido nada si el duque apoya vuestro justo proceder?

ALCAIDE

¿Y qué probabilidad hay de eso?

DUQUE

Probabilidad, no: certeza. Mas, como no os quitan el miedo ni mi hábito, ni mi integridad, ni mis razones, iré más allá de lo que pensaba para arrancar vuestro temor. Mirad, ésta es la letra y éste el sello del duque; sin duda conocéis la letra, y el sello no es nuevo para vos.

ALCAIDE

Conozco ambos.

DUQUE

Aquí se comunica el regreso del duque. Pronto podéis leerlo si gustáis; dice que de aquí a dos días habrá vuelto. Es algo que Angelo no sabe, pues hoy recibe cartas de extraño tenor: tal vez que el duque ha muerto, tal vez que ingresó en un monasterio, mas nada de esto ocurrirá. Mirad, la estrella anunciadora llama al pastor. Que no os desconcierte la razón de todo ello; lo difícil será fácil cuando se conozca. Llamad al verdugo y que ejecute a Bernardino. Yo voy a confesarle ahora mismo y prepararle para su mejor morada. Estáis asombrado, mas pronto estaréis convencido. Vamos, que se acerca el día.

Salen.

IV.iii *Entra* POMPEYO.

POMPEYO

Tengo tantos conocidos aquí como antes en la casa de trato. Se diría que esto es la casa de doña Regozada, pues muchos de sus clientes están aquí. Primero, el joven maese Incauto, por deuda de ciento noventa y siete libras de papel basto y jengibre seco, de las que sólo sacó tres libras y pico contantes[27]. Claro, el jengibre no se vendía mucho, pues habían muerto las viejas[28]. Luego está aquí un tal maese Cabriolas, al que demandó maese Felpas, el mercero, por cuatro

---

[27] En la Inglaterra isabelina, cuando los prestamistas se vieron obligados por ley a reducir sus intereses, entregaban a sus clientes una parte del préstamo en mercancías, que valoraban muy por encima de su valor de mercado. Cuando los prestatarios las vendían, recibían, por tanto, una cantidad muy inferior a la asignada por los prestamistas.

[28] Se decía que las «viejas» eran consumidoras habituales de jengibre. La muerte de éstas suele explicarse como alusión a una fuerte epidemia en 1603.

trajes de raso blanco, estando él sin blanca. También están aquí el joven Vértigos, y el joven Votoadiós, y maese Espueladecobre, y maese Ayunasiervos, señor de estoque y daga, y el joven Tumbahíjos, que mató al robusto Morcillas, y maese Lanzado, el justador, y el vistoso maese Cordoneras, el gran viajero, y el fiero Jarrillas, que apuñaló a Jarras; y creo que cuarenta más, antes buenos clientes del oficio, y ahora pidiendo de comer aquí, entre rejas[29].

Entra PUTOESPANTO.

PUTOESPANTO
¡Eh, tú! Trae aquí a Bernardino.

POMPEYO
¡Bernardino! ¡Maese Bernardino, levantaos, que hay que ahorcaros!

PUTOESPANTO
¡Eh, Bernardino!

BERNARDINO [*dentro*]
¡Mala peste a vuestra boca! ¿Quién arma ese ruido? ¿Quiénes sois?

POMPEYO
Amigos, señor; el verdugo. Tened la bondad de levantaros y ser ajusticiado.

BERNARDINO [*dentro*]
¡Fuera, granuja, fuera! Tengo sueño.

PUTOESPANTO
Dile que se despierte, y deprisa.

---

[29] Los presos, que tenían que procurarse su propia comida, acababan pidiéndola por caridad a quien pasaba por delante de los barrotes de sus celdas.

POMPEYO

Maese Bernardino, despertad, que os ejecuten, y ya dormiréis luego.

PUTOESPANTO

Entra ahí y sácalo.

POMPEYO

Ya viene, señor, ya viene. Se oye crujir la paja.

Entra BERNARDINO.

PUTOESPANTO

¿Está el hacha en el tajo?

POMPEYO

Lista, señor.

BERNARDINO

¿Qué, Putoespanto? ¿Qué hay de nuevo?

PUTOESPANTO

Amigo, te ruego que te pongas a rezar, que la orden ha llegado.

BERNARDINO

¡Granuja! Me he pasado la noche bebiendo y no estoy preparado.

POMPEYO

Mejor, señor. Quien es ahorcado por la mañana después de beber toda la noche, dormirá mejor al día siguiente.

Entra el DUQUE [*disfrazado de fraile*].

PUTOESPANTO

Mira, amigo, aquí viene el confesor. ¿Aún crees que es broma?

DUQUE

Señor, movido de mi caridad y sabiendo que pronto habéis de partir, os vengo a traer auxilio, consuelo y oración.

BERNARDINO

No, padre. Me he pasado la noche bebiendo y necesito más tiempo para prepararme o me sacarán los sesos a palos. Me niego a morir hoy, eso es seguro.

DUQUE

Señor, no podéis negaros. Os ruego
que penséis en el viaje que os espera.

BERNARDINO

Juro que no me convencerán de que he de morir hoy.

DUQUE

Escuchad...

Bernardino

Ni una palabra. Si tenéis algo que decirme, venid a mi celda, que de allí no salgo hoy.

Sale.
Entra el ALCAIDE.

DUQUE

Negado para vida y muerte. ¡Corazón de piedra!
Seguidle, amigos, y llevadle al tajo[30].

[*Salen* PUTOESPANTO *y* POMPEYO.]

---

[30] La ambivalente posición del duque en estas escenas no siempre deja claro en qué papel actúa. Estas palabras parecen más propias del alcaide o de él mismo como duque (y no como fraile). Sin embargo, también puede decirlas como fraile en actitud desesperanzada.

ALCAIDE
Bien, señor, ¿qué os parece el preso?
DUQUE
Ni apto, ni preparado para morir.
Enviarle al otro mundo en tal estado
sería odioso.
ALCAIDE
Padre, esta madrugada ha muerto aquí,
en la cárcel, de una fiebre mala,
un tal Ragosín, pirata famoso.
Tenía la edad de Claudio, y pelo y barba
del mismo color. ¿Y si dejamos a este réprobo
hasta que esté en disposición y cumplimos
con el delegado enviando la cabeza
de este Ragosín, que se parece más a Claudio?
DUQUE
¡Ah, venturoso azar que nos depara el cielo!
Hacedlo deprisa, se acerca la hora
fijada por Angelo. Disponed que se envíe
conforme lo ordena, mientras yo procuro
que ese desgraciado consienta en morir.
ALCAIDE
Se hará de inmediato, padre.
Mas Bernardino ha de morir esta tarde.
¿Y cómo vamos a salvar a Claudio,
quedando yo libre de todo peligro,
si se descubre que vive?
DUQUE
Haced esto: encerrad
a Bernardino y a Claudio en celdas secretas.
Antes que el sol salude a los mortales
por dos veces, podréis comprobar
que estáis del todo a salvo.

ALCAIDE
A vuestro servicio.

DUQUE
Deprisa, enviad la cabeza a Angelo.

Sale [*el* ALCAIDE].

Ahora escribiré cartas a Angelo;
las llevará el alcaide. Por su tenor
ha de saber que estoy cerca de Viena
y que razones de gran peso me obligan
a hacer una entrada pública. Le diré
que nos veamos en la fuente consagrada,
a una legua de la villa y, a partir de ahí,
seguiré con Angelo por pasos medidos
y en debida forma.

Entra el ALCAIDE.

ALCAIDE
Aquí está la cabeza. Yo mismo se la llevo.

DUQUE
Muy bien. Volved enseguida,
pues deseo tratar con vos algunas cosas
que no son para otro oído.

ALCAIDE
Vuelvo a toda prisa.

Sale.

ISABEL [*dentro*]
¡Paz en la casa!

DUQUE

Es Isabel. Viene a preguntar
si ha llegado el indulto de su hermano.
La tendré en la ignorancia de su bien,
cambiando en divino consuelo su dolor
cuando menos se espere.

Entra ISABEL.

ISABEL

Con permiso.

DUQUE

Buenos días, bella y grata hija.

ISABEL

Si me los da un varón tan santo, serán buenos.
¿Ha enviado Angelo el indulto de mi hermano?

DUQUE

Isabel, lo ha liberado, pero de este mundo.
Ya han mandado la cabeza a Angelo.

ISABEL

No puede ser.

DUQUE

Pero es así. Hija, en el callado sufrimiento
mostrad vuestra prudencia.

ISABEL

¡Ah, le voy a sacar los ojos!

DUQUE

No seréis recibida ante su vista.

ISABEL

¡Desdichado Claudio! ¡Triste Isabel!
¡Pernicioso mundo! ¡Maldito Angelo!

DUQUE

Eso a él no le daña, ni a vos aprovecha;

dejadlo y confiad al cielo vuestra causa.
Oíd lo que os digo y hallaréis
que hay una verdad en cada sílaba.
El duque vuelve mañana —secaos los ojos—.
Un fraile de mi orden, confesor suyo,
me informa de que ya ha dado aviso
a Escalo y a Angelo, que están
preparados para recibirle a las puertas
y devolverle el poder. Si vuestro juicio
puede andar por la senda que le marco,
lograréis vuestro deseo con este infame,
el favor del duque, la venganza satisfecha
y la honra universal.

ISABEL

Sois mi guía.

DUQUE

Entonces llevad esta carta a fray Pedro;
es la que me avisa del regreso del duque.
Con esta prenda, decidle que deseo verle
esta noche en casa de Mariana. De su causa
y la vuestra he de informarle, y él os llevará
ante el duque. Acusad a Angelo
duro y a la cara. Respecto a mí,
pobre fraile, un voto sagrado me obliga
a estar ausente. Id con esta carta.
Expulsad el llanto amargo de esos ojos
con buen ánimo. Desconfiad de mi orden
si yo fuese a extraviaros.— ¿Quién viene?

Entra LUCIO.

LUCIO

¡Buenas! Padre, ¿y el alcaide?

DUQUE

No está, señor.

LUCIO

¡Ah, Isabel! Mi corazón se aterra de ver tan encarnados vuestros ojos. Sabed sufrirlo. A mí me obligan a comer y cenar agua y salvado. No me atrevo a llenarme la panza, o me cortan la cabeza: un plato sabroso ya me excita. Según dicen, el duque vuelve mañana. A fe mía, Isabel, yo quería a vuestro hermano. Estaría vivo si hubiera estado aquí este duque fantasioso que anda en sombras.

[*Sale* ISABEL.]

DUQUE

Señor, el duque os va a dar muy pocas gracias por vuestras historias, y lo mejor es que no lo retratan.

LUCIO

Padre, no conocéis al duque tan bien como yo. Es mucho más cazahembras de lo que creéis.

DUQUE

Bien, algún día responderéis de esto. Adiós.

LUCIO

No, esperad, os acompaño. Os puedo contar muy buenos cuentos del duque.

DUQUE

Si son ciertos, me habéis contado de más; si no lo son, uno ya sobraba.

LUCIO

Una vez me citó por dejar preñada a una.

DUQUE

¿Hicisteis tal cosa?

LUCIO

Ya lo creo, pero tuve que negarlo; si no, me habrían casado con esa pelleja.

DUQUE

Señor, vuestra compañía es más chistosa que honrada. Quedad con Dios.

LUCIO

Juro que he de acompañaros hasta el final de la calle. Si os ofende la indecencia, la dejamos. Sí, padre, soy una especie de cardo, y me pego.

Salen.

IV.iv *Entran* ANGELO *y* ESCALO.

ESCALO

Cada carta que escribe contradice la anterior.

ANGELO

Y del modo más confuso y delirante. Su conducta bordea la demencia. ¡Quiera Dios que su razón no esté dañada! ¿Por qué encontrarnos con él a las puertas y devolverle allí el poder?

ESCALO

No me lo imagino.

ANGELO

¿Y por qué debemos proclamar, una hora antes de su entrada, que, si alguien pide la reparación de una injusticia, lo haga en plena calle?

ESCALO

Da una explicación: para que no haya más quejas y librarnos de intrigas que un día puedan tramarnos y que ya no tendrán fuerza.

ANGELO

Bien. Os lo ruego, que se mande proclamar mañana temprano. Pasaré a recogeros. Dad aviso a cuantos sean de rango y séquito para que vayan a recibirle.

ESCALO

Sí, señor. Adiós.

Sale.

ANGELO

Buenas noches.—
Esta acción me destroza, entorpece
mi conducta. ¡Una virgen desflorada!
¡Y por alguien principal que lo pena
con la ley! Si no fuera que el recato
le impide que denuncie su deshonra,
¡cómo me acusaría! Se lo prohíbe la cordura,
pues mi autoridad tiene tal crédito
que una infamia lanzada contra mí
hundiría al denunciante. Ojalá viviera,
mas, enconado el sentido, su ardiente juventud
podría tomar venganza un día u otro,
al recibir una vida deshonrada
con rescate de ignominia. Mas ojalá viviera.
¡Ah! En cuanto nuestra gracia no atendemos,
va mal todo: queremos y no queremos[31].

Sale.

---

[31] Eco del siguiente pasaje de la «Epístola a los Romanos» (7.18-20), de san Pablo: «Veo claro que en mí, es decir, en mis bajos instintos, no anida nada bueno, porque el querer lo excelente lo tengo a mano, pero el realizarlo no; no hago el bien que quiero; el mal que no quiero es lo que ejecuto». (*Nueva Biblia Española*, trad. Luis Alonso Schökel y Juan Mateos, Madrid, 1975.)

IV.v *Entran el* DUQUE [*vestido como tal*] *y* FRAY PEDRO.

DUQUE
Entregad en su momento estas cartas.
El alcaide conoce mi intención.
Con el asunto en marcha, seguid lo prescrito
y ateneos siempre al plan concreto,
aunque a veces cambiéis de esto a lo otro
si lo exige la ocasión. Id donde Flavio
y decidle dónde estoy. Avisad igualmente
a Valencio, Rolando y Craso
y que manden trompeteros a las puertas.
Pero antes enviadme a Flavio.

FRAY PEDRO
Se hará sin falta.

[*Sale.*]
Entra VARIO.

DUQUE
Gracias, Vario, por tu prontitud.
Ven, vamos. Nuestros demás amigos
vendrán pronto. ¡Mi noble Vario!

Salen.

IV.vi *Entran* ISABEL *y* MARIANA.

ISABEL
Hablar con tanto engaño me repugna.
Yo diré la verdad, mas la acusación
es vuestra. Sin embargo, él me aconseja hacerlo
para ocultar nuestros fines.

MARIANA

Hacedle caso.

ISABEL

Además, me dice que si por azar
fuera a contradecirme defendiendo al otro,
no me asombre, que es una medicina
que amarga con buen fin.

Entra [FRAY] PEDRO.

MARIANA

Ojalá fray Pedro...

ISABEL

Callad, que está aquí.

FRAY PEDRO

Venid, os he hallado el sitio justo:
quedaréis frente al duque; no podrá
pasar sin veros. Han sonado dos veces
las trompetas. Los más nobles ciudadanos
esperan a las puertas, y ya el duque
está a punto de entrar, conque, ¡deprisa!

Salen.

V.i *Entran por distintas puertas el* DUQUE, VARIO, NOBLES, ANGELO, ESCALO, LUCIO, [*el* ALCAIDE, GUARDIAS] *y* CIUDADANOS[32].

DUQUE

Mi muy noble Angelo, sed bien hallado.—
Mi viejo y fiel amigo, me alegra veros.

---

[32] Como precisa Gibbons en su edición, la mención a la entra-

ANGELO *y* ESCALO

Feliz regreso tenga Vuestra Alteza.

DUQUE

Muchas y sinceras gracias a los dos.
Me he informado de vosotros; tanto alaban
la bondad de vuestra justicia que no puedo
sino encomendaros a la gratitud de todos,
prefigurando mayor recompensa.

ANGELO

Acrecentáis mi lealtad.

DUQUE

Vuestro mérito habla alto, y sería injusto
encerrarlo en el fondo de mi pecho,
cuando, bien grabado en bronce, es digno
de un bastión contra el devorar del tiempo
y el devastar del olvido. Dadme la mano,
y que el súbdito lo vea y aprenda
que tales cortesías exteriores proclaman
complacencias íntimas. Escalo, venid
y caminad conmigo a este otro lado,
que sois buenos apoyos.

Entran [FRAY] PEDRO *e* ISABEL.

FRAY PEDRO

Hacedlo ahora. Hablad alto y poneos de rodillas.

---

da «por distintas puertas» es convencional. No se trataría de que estos personajes entrasen en escena a la vez en dos grupos por las dos puertas del fondo del teatro isabelino, sino más bien de sugerir el ritmo y la disposición de las entradas: por ejemplo, primero el grupo de ciudadanos (a los que se uniría después Isabel para presentar su súplica), y a continuación, con alguna ceremonia, el duque, Angelo, Escalo y los nobles.

ISABEL

¡Justicia, regio duque! Dignaos contemplar
a una agraviada —habría dicho virgen.
¡Augusto príncipe! No deshonréis vuestros ojos
dirigiéndolos a cualquier otro objeto
hasta que hayáis escuchado bien mi queja
y me hayáis hecho justicia, justicia, justicia.

DUQUE

Exponed vuestro agravio. ¿Cuál, de quién? Sed
[breve.
Aquí, el *Signor* Angelo os hará justicia.
Explicádselo.

ISABEL

¡Ah, noble duque! Me decís
que busque la redención en el demonio.
Oídme vos mismo, pues lo que debo decir
ha de castigarme si no se me cree
o forzaros a dar reparación. ¡Oídme, oídme!

ANGELO

Señor, me temo que su juicio no está firme.
Me pidió que indultase a su hermano,
ejecutado conforme a la justicia.

ISABEL

¡Conforme a la justicia!

ANGELO

Y lo que diga será duro e increíble.

ISABEL

Increíble puede ser, pero muy cierto.
Que Angelo sea un perjuro, ¿no es increíble?
Que Angelo sea un asesino, ¿no es increíble?
Que Angelo sea un adúltero ladrón,
un hipócrita, un violador de vírgenes,
¿no es de lo más increíble?

DUQUE

Es mil veces increíble.

ISABEL

Tan cierto como que él es Angelo,
esto es tan increíble como cierto.
Es mil veces cierto, y la verdad será verdad
una y un sinfín de veces.

DUQUE

¡Lleváosla! Pobrecilla,
habla con el sentido trastornado.

ISABEL

Buen príncipe, os conjuro, por la fe
en el consuelo de otra vida por venir,
que no me rechacéis en la creencia
de que estoy perturbada. No deis por imposible
lo que parece improbable: no es imposible
que el más perverso infame de la tierra
parezca tan cauto, grave, justo y perfecto
como Angelo. Con sus ropajes, insignias,
títulos y formalidades, Angelo
puede ser un archiinfame. Creedlo, Alteza:
si es menos, no es nada; y más sería,
si tuviera yo más nombres para la maldad.

DUQUE

Por mi honra, que si está loca, como creo,
en su locura hay un sentido tan pasmoso,
tanto acuerdo entre una cosa y otra,
como nunca he visto en la locura.

ISABEL

Augusto duque,
no sigáis con eso, ni neguéis que hay razón
porque hay incongruencia. Que vuestra razón
[ayude

a que aflore una verdad oculta, enterrando
un engaño que pasa por verdad.

DUQUE

Sin duda muchos que no están locos
demuestran menos razón. Hablad.

ISABEL

Soy la hermana de un tal Claudio,
condenado por fornicación
a ser decapitado. Angelo fue el juez.
Estando de novicia en un convento,
recibí aviso de mi hermano; el mensajero,
un tal Lucio...

LUCIO

Soy yo, con la venia.
Me envió a ella Claudio, a pedirle
que intentase ablandar al *Signor* Angelo
y lograr que lo indultara.

ISABEL

Sí, es él.

DUQUE

Nadie os ha mandado hablar.

LUCIO

No, Alteza, ni callar tampoco.

DUQUE

Pues yo os lo mando ahora. Recordadlo
y, cuando haya algo que os incumba,
quiera Dios que estéis a punto.

LUCIO

Respondo de ello, Alteza.

DUQUE

Responderéis de vos, conque cuidado.

ISABEL

Este señor ya ha contado parte de mi historia.

LUCIO

Correcto.

DUQUE

Correcto o no, es incorrecto
hablar cuando no toca.— Seguid.

ISABEL

Fui a ver a este ruin e infame delegado...

DUQUE

Eso suena a despropósito.

ISABEL

Perdonad, la expresión sí viene al caso.

DUQUE

Eso está mejor. Id, pues, al caso.

ISABEL

En suma, y para ahorrar los pormenores
de cómo rogué, imploré y me arrodillé,
cómo se negó y cómo respondí
(pues sería largo), paso ya a exponer
el innoble final con gran pena y sonrojo.
Él sólo accedía a salvar a mi hermano
si yo sometía mi casto cuerpo a su lujuria
ardiente e insaciable. Tras mucho ponderarlo,
mi fraterna compasión venció a mi honra
y me entregué a él, mas temprano, al día siguiente,
cebado su deseo, mandó decapitar
al pobre de mi hermano.

DUQUE

¡Muy verosímil!

ISABEL

¡Ojalá tan verosímil como es cierto!

DUQUE

Por Dios, desgraciada, no sabéis lo que decís
u os han instigado en contra de su honor

en vil conjura. Primero, su rectitud
está sin mancha; segundo, sería absurdo
que él mismo persiguiera tan vehemente
delitos propios. Si así hubiera pecado,
habría juzgado a Claudio según sus propias
[culpas
y no lo habría matado. Alguien os incita,
confesadlo; decid quién os persuadió
a que vinierais con tal queja.

ISABEL

¿Nada más?
Entonces, benditos ángeles del cielo,
dadme paciencia, y a su hora
desvelad el pecado que se oculta
protegido. Que el cielo os guarde del mal;
agraviada y no creída parto ya.

DUQUE

Bien sé que deseáis partir. ¡Guardias!
¡A la cárcel con ella! ¿Voy a consentir
que caiga un oprobio tan dañino
sobre mi allegado? Por fuerza es una intriga.
¿Quién sabía que pensabais venir?

ISABEL

Fray Ludovico, que ojalá aquí estuviera.

DUQUE

Un religioso, ¿no? ¿Quién lo conoce?

LUCIO

Yo, señor. Es un fraile entrometido;
no me gusta. Si hubiera sido un seglar,
le habría zurrado firme por decir
palabras contra vos en vuestra ausencia.

DUQUE

¿Palabras contra mí? ¡Buen religioso!

¡Y azuzar a esta pobre desgraciada
contra mi delegado! ¡Buscad a ese fraile!

LUCIO

Alteza, anoche mismo vi en la cárcel
al fraile y a ella. Un fraile atrevido,
un tipo ruin.

FRAY PEDRO

¡Dios bendiga a Vuestra Alteza!
Presente estaba, mi señor, y he oído
que os agravian. Primero, esta mujer
acusa injustamente a vuestro delegado,
que está libre de contacto impúdico con ella
como ella con quien no ha nacido.

DUQUE

Es lo que creía. ¿Conocéis
a ese tal fray Ludovico del que habla?

FRAY PEDRO

Lo conozco, y es varón devoto y santo;
ni se mete en lo mundano, ni es un ruin,
como este caballero lo presenta;
y, a fe mía, es hombre que jamás,
aunque él lo diga, ha injuriado a Vuestra Alteza.

LUCIO

Señor, de un modo infame, creedlo.

FRAY PEDRO

Bien, ya vendrá él para exculparse,
aunque, señor, ahora mismo está enfermo
de una fiebre extraña. A petición suya,
tras saber que pensaban acusar
al *Signor* Angelo, he acudido
a decir en nombre suyo lo que él sabe
que es cierto y falso, y lo que, bajo juramento
y con pruebas, él mismo explicará

cuando lo citen. Respecto a esta mujer,
en descargo de este noble caballero
acusado de modo personal y público,
la van a desmentir de plano, como oiréis,
hasta que lo reconozca.

DUQUE

Pues oigámoslo, padre.

[*Se llevan custodiada a* ISABEL[33].]

¿No os hace sonreír esto, Angelo?
Por Dios, ¡qué vanidad la de los necios! —
Traed asientos.— Vamos, noble Angelo,
aquí seré neutral. Vos mismo seréis juez
de vuestra propia causa.

Entra MARIANA [*con la cara velada*].

¿Es la testigo, padre?
Que se descubra la cara antes de hablar.

---

[33] El duque ha dado orden de que Isabel sea detenida y encarcelada (véase pág. 160), pero en el texto de 1623 no figura ninguna acotación que indique que los guardias se la lleven, y, por tanto, no podemos saber en qué momento lo hacen. Los editores modernos dan distintas soluciones a este problema. Así, las ediciones de Lever y de Bawcutt sitúan la detención y salida de Isabel cuando el duque da la orden. Me atengo a las de Nosworthy y de Gibbons, quienes, siguiendo a Capell (siglo XVIII), insertan su acotación en este punto: la reciente referencia del duque a «esta mujer» permite suponer que Isabel ha permanecido en escena desde la orden del duque. Los directores de escena también difieren en el tratamiento de este punto, y algunos hacen que Isabel sea llevada por los guardias, pero permanezca al fondo del escenario hasta su posterior intervención.

Mariana

Perdonad, señor: no enseñaré la cara
mientras mi esposo no lo mande.

Duque

¿Sois casada?

Mariana

No, señor.

Duque

¿Sois doncella?

Mariana

No, señor.

Duque

¿Entonces, viuda?

Mariana

Tampoco, señor.

Duque

Entonces no sois nada. ¿Ni doncella, ni casada, ni viuda?

Lucio

Señor, será una golfa, pues muchas de ellas no son ni doncellas, ni casadas, ni viudas.

Duque

Haced callar a ése. Ojalá
tuviera que hablar en su defensa.

Lucio

Muy bien, señor.

Mariana

Señor, reconozco que no estoy casada
y reconozco que no soy doncella.
He conocido a mi esposo, mas mi esposo
no sabe que me haya conocido.

Lucio

Señor, estaría borracho. Si no, no se explica.

DUQUE

Así lo estuvieras tú; habría silencio.

LUCIO

Muy bien, señor.

DUQUE

La testigo no declara sobre Angelo.

MARIANA

A eso iba, señor.
Quien le acusa de haber fornicado,
acusa igualmente a mi esposo,
culpándole, señor, de pecar a una hora
en que, atestiguo, lo tuve yo en mis brazos
en plena unión amorosa.

ANGELO

¿Acusa a alguien más?

MARIANA

Que yo sepa, no.

DUQUE

¿No? Decís que a vuestro esposo.

MARIANA

Exacto, señor, que es Angelo,
quien cree saber que nunca conoció mi cuerpo,
mas cree saber que conoce el de Isabel.

ANGELO

¡Inaudito engaño! Mostrad esa cara.

MARIANA

Lo manda mi esposo; voy a descubrirme.

[*Se levanta el velo.*]

Cruel Angelo, ésta es la cara
que, jurabas, merecía contemplarse;
ésta, la mano que, tras fiel compromiso,

se unió firme a la tuya; éste, el cuerpo
que robó a Isabel la cita y te dio placer,
en su imaginada forma,
en el pabellón de tu jardín.

DUQUE

¿Conocéis a esta mujer?

LUCIO

Carnalmente, dice ella.

DUQUE

¡Ya basta!

LUCIO

Muy bien, señor.

ANGELO

Señor, admito que conozco a esta mujer;
hace cinco años se habló de matrimonio
entre ella y yo, pero se abandonó,
en parte porque la dote resultaba
inferior a lo acordado, mas, sobre todo,
porque su liviandad dañó su honra.
En estos cinco años yo jamás
hablé con ella, ni la vi, ni supe de ella;
doy mi palabra de honor.

MARIANA

Noble príncipe, cual la luz
viene del cielo y la palabra de la boca
y hay sentido en la verdad y verdad en la virtud,
soy esposa en firme de este hombre con la fuerza
que dan los juramentos. Y, Alteza, la noche
del martes, en el pabellón de su jardín,
me conoció como esposo. Si es verdad,
dejad que me levante a salvo de este suelo;
si no, quede yo aquí clavada para siempre
como una estatua de mármol.

ANGELO

Hasta ahora he sonreído. Ahora,
señor, dadme poder para juzgar,
pues me han herido la paciencia. Observo
que estas pobres dementes no son más
que instrumentos de alguien poderoso
que las ha incitado. Señor, dadme licencia
para descubrir la intriga.

DUQUE

De buena gana;
decidid el castigo a voluntad.
Tú, fraile insensato, y tú, perversa,
concertada con la otra, ¿de veras crees
que, aunque jures por cada uno de los santos,
vas a atestiguar contra su crédito y valía,
plenamente confirmados? Vos, Escalo,
sentaos con Angelo, prestadle vuestro esfuerzo
para hallar el origen de esta intriga.
Hay otro fraile que las incitó;
que vayan a buscarlo.

FRAY PEDRO

Ojalá estuviera aquí, señor: es cierto
que incitó a la queja a estas mujeres.
El alcaide sabe el sitio donde vive
y podría traerlo aquí.

DUQUE

Vamos, hazlo al instante.

[*Sale el* ALCAIDE.]

Y vos, mi noble y muy acreditado Angelo,
a quien toca juzgar en esta causa,
dad a estas ofensas el castigo

que estiméis. Yo he de ausentarme
por un rato, pero no os mováis
hasta haber juzgado bien estas calumnias.

ESCALO

Señor, lo haremos a conciencia.

Sale [*el* DUQUE].

Lucio, ¿no decíais que ese tal fray Ludovico no era hombre de bien?

LUCIO

Cucullus non facit monachum[34]. Hombre de bien por su hábito, pero ha dicho horrores del duque.

ESCALO

Os rogamos que os quedéis hasta que venga y le acuséis. Éste va a ser un granuja de fraile.

LUCIO

Como no hay otro en Viena, lo juro.

ESCALO

Que vuelva a entrar Isabel; quiero hablar con ella.

[*Sale un* GUARDIA.]

Os lo ruego, señor, dejad que la interrogue. Veréis cómo la abordo.

LUCIO

Mejor que él, no, por lo que ella cuenta.

ESCALO

¿Decíais?

---

34 Literalmente, «la capucha no hace al monje».

LUCIO

Señor, creo que si la abordaseis a solas confesaría antes; en público le dará vergüenza.

Entra ISABEL [*custodiada*][35].

ESCALO

Procederé ocultamente.

LUCIO

Muy bien, que así las mujeres se destapan.

ESCALO

Vamos, mujer; aquí hay una dama que niega cuanto habéis dicho.

Entran el DUQUE [*disfrazado de fraile*] *y el* ALCAIDE.

LUCIO

Señor, aquí viene el granuja del que hablaba, con el alcaide.

ESCALO

En buena hora. No le habléis hasta que se os diga.

LUCIO

¡Chitón!

ESCALO

A ver, señor. ¿Incitasteis vos a estas mujeres a calumniar al *Signor* Angelo? Lo han confesado.

---

[35] En el texto de 1623 Isabel entra en escena a continuación, junto con el duque y el alcaide. Atendiendo al contexto y siguiendo la edición de Bawcutt, separo, adelantándola estas líneas, la entrada de Isabel. Wells y Taylor también la separan en su edición, aunque sólo una línea (justo antes de que Escalo diga: «Vamos, mujer...»). Véase también nota 33, pág. 162.

DUQUE

Es falso.

ESCALO

¡Cómo! ¿Sabéis dónde estáis?

DUQUE

¡Respetemos vuestro cargo! Y honremos
a veces al diablo sentado en trono ardiente.
¿Dónde está el duque? Debe oírme.

ESCALO

El duque está en nosotros; os escuchamos:
hablad verazmente.

DUQUE

Al menos, audazmente.— ¡Pobrecillas!
Si venís a que el zorro os dé el cordero,
¡adiós a la justicia! ¿Se ha ido el duque?
Pues se ha ido vuestra causa. El duque es injusto
al denegar vuestra fundada queja
y poner vuestro juicio en la boca del infame
al que habéis venido a acusar.

LUCIO

Éste es, éste es el granuja del que hablaba.

ESCALO

¡Ah, fraile irreverente, fraile impío!
¿No te basta incitar a estas mujeres
a que acusen a un hombre honorable,
que, además, con mala lengua y a su cara,
le llamas infame y luego, de rechazo, apuntas
contra el duque, tachándole de injusto?
¡Lleváoslo! ¡Al potro con él!
Te descoyuntaremos hasta saber tus intenciones.
¿Cómo, injusto?

DUQUE

¡No os exaltéis! El duque no se atreve

a estirarme a mí este dedo, como no lo haría
con uno suyo. No soy su súbdito,
ni de esta diócesis. Mi cometido
me trae de observador aquí, a Viena,
donde he visto hervir y bullir la corrupción
hasta desbordar la olla. Leyes para todo,
mas todo tan consentido que las leyes
se parecen a las multas del barbero,
que se leen y hacen reír[36].

ESCALO

¡Ultrajes al Estado! ¡A la cárcel con él!

ANGELO

¿Qué declaráis en contra suya, Lucio?
¿Es éste el hombre del que hablabais?

LUCIO

El mismo, señor.— Acercaos,
maese Tonsuras. ¿No me conocéis?

DUQUE

Señor, os recuerdo por la voz. Os vi en la cárcel, estando ausente el duque.

LUCIO

¿Ah, sí? ¿Y recordáis lo que dijisteis del duque?

DUQUE

Ya lo creo, señor.

LUCIO

¿Ah, sí? ¿Y el duque es un rijoso, un bobo y un cobarde, como dijisteis que era?

---

[36] Según la explicación más probable, en tiempos de Shakespeare los barberos solían colgar listas chistosas de multas a las que se exponían sus clientes por maldecir o comportarse mal en sus locales.

DUQUE

Señor, antes de atribuirme eso, os deberíais cambiar conmigo. Fuisteis vos quien dijo eso de él, y cosas mucho peores.

LUCIO

¡Ah, maldito! ¿Y no os agarré de la nariz por decir eso?

DUQUE

Afirmo que amo al duque como a mí mismo.

ANGELO

Oíd cómo el infame quiere avenirse ahora, después de sus injurias.

ESCALO

Con éste no hay que hablar. ¡A la cárcel con él! — ¿Dónde está el alcaide? — ¡A la cárcel! ¡Ponedle grilletes! Que no hable más. Llevaos también a estas busconas con su aliado y compañero.

[*El* ALCAIDE *prende al* DUQUE.]

DUQUE

Quieto, señor, quieto.

ANGELO

¡Cómo! ¿Se resiste? ¡Ayudad, Lucio!

LUCIO

Vamos, señor, vamos, señor. ¡Uf! ¿Eh? ¡Vil tonsurado! ¿Así que con capucha? ¡Enseñad esa cara de granuja, y mala peste os caiga! ¡Enseñad esa cara comeovejas y que os cuelguen una hora! ¿Os negáis?

[*Le levanta la capucha.*]

DUQUE

Eres el primer granuja que hace a un duque.—
Alcaide, respondo por estas tres personas.
[*A* LUCIO] Tú no te escabullas, que el fraile y tú
tenéis que hablar muy pronto.— Sujetadle.

LUCIO

Esto va a ser peor que la horca.

DUQUE [*a* ESCALO]

Lo que habéis dicho os lo perdono. Sentaos.
Yo ocuparé su asiento. [*A* ANGELO] Con permiso.
¿Te queda voz, ingenio, atrevimiento,
que te pueda ser de ayuda? Si te queda,
hazlo valer antes que yo haya hablado
y después resígnate.

ANGELO

Poderoso señor,
sería más culpable que mi culpa
si creyera que puedo pasar inadvertido,
cuando veo que, cual poder divino, Vuestra Alteza,
ha seguido bien mis pasos. Así que, príncipe,
no sigáis juzgando mi vergüenza,
y que mi confesión sea ya mi juicio.
Sentencia inmediata y luego muerte
es todo el perdón que ahora ruego.

DUQUE

Acercaos, Mariana.—
Di, ¿prometiste a esta mujer ser su esposo?

ANGELO

Sí, Alteza.

DUQUE

Llévatela y despósala al instante.
Oficiadlo vos, padre; concluido,
traedle aquí de nuevo. Id con él, alcaide.

Salen [ANGELO, MARIANA, FRAY PEDRO *y el* ALCAIDE].

ESCALO
Alteza, más me asombra su ignominia
que lo que tiene de asombrosa.

DUQUE
Acércate, Isabel. Tu fraile
ahora es tu duque. Si a tu causa
presté solicitud y devoción
—mi hábito no cambió mi ser—, sigo siendo
abogado a tu servicio.

ISABEL
Ah, perdonad a esta vasalla por haber
cansado y molestado a vuestra augusta Alteza.

DUQUE
Estás perdonada, Isabel.
Ahora, muchacha, sé indulgente tú conmigo.
Sé que pesa en tu alma la muerte de tu hermano;
y te preguntas por qué, encubiertamente,
me esforzaba por salvarlo, en vez
de revelar de pronto mi poder oculto
y no dejar que muriera. Bondadosa joven,
su muerte vino tan precipitada
(yo creí que vendría más despacio)
que destrozó mi plan. ¡En paz descanse!
Ya sin temer la muerte, su vida es mejor vida
que la que vive temiéndola. Tu hermano
así es feliz; que sea tu consuelo.

ISABEL
Lo es, Alteza.

Entran ANGELO, MARIANA, [FRAY] PEDRO *y el* ALCAIDE.

DUQUE

A este recién casado que se acerca,
cuya imaginación lasciva ha injuriado
tu bien guardada honra, debes perdonarlo
por Mariana, mas, como condenó a tu hermano,
incurriendo así en la doble violación
de sacra castidad y de promesa,
de la que dependía la vida de tu hermano,
la propia clemencia de la ley exclama
a voz en grito y en su lengua:
«Angelo paga por Claudio, muerte por muerte».
Tardanza por tardanza, prisa por prisa,
igual por igual, medida por medida.—
Angelo, tu culpa es tan palpable
que te niega el beneficio de negarla.
Te condeno al mismo tajo donde Claudio
se dobló para morir, y con igual prisa.
¡Lleváoslo!

MARIANA

Augusta Alteza, espero
que no me burléis un esposo.

DUQUE

Es vuestro esposo el que os burló un esposo.
Creí propio casaros por salvar
vuestra honra, pues, si no, la acusación
de haber sido gozada infamaría vuestra vida
y hundiría vuestro futuro. Respecto a sus bienes,
aunque por ley puedo confiscarlos,
a vuestra viudedad la doto de ellos
por que obtengáis mejor marido.

MARIANA

Amado duque,
no deseo otro marido, ni mejor.

DUQUE

A él no le deseéis; está resuelto.

MARIANA [*arrodillándose*]

Noble Alteza...

DUQUE

Os afanáis en vano.— ¡Al patíbulo con él! —
[*A* LUCIO] Bien, vamos contigo.

MARIANA

¡Ah, mi señor! — ¡Buena Isabel, apóyame!
Ponte de rodillas, y yo pondré
el resto de mi vida a tu servicio.

DUQUE

La estáis importunando sin sentido.
Si se pusiera de rodillas suplicante,
el alma de su hermano rompería el sepulcro
y se la llevaría con espanto.

MARIANA

¡Isabel! Querida Isabel,
arrodíllate a mi lado, alza las manos,
no digas nada; yo hablaré.
Dicen que los mejores están hechos de faltas
y que los más se vuelven aún mejores
por ser un poco malos. Tal vez mi esposo.
¡Ah, Isabel! ¿No vas a arrodillarte?

DUQUE

Su muerte por la de Claudio.

ISABEL [*arrodillándose*]

¡Magnánimo señor!
Tened a bien mirar al condenado
como si Claudio viviera. Me inclino a creer

que la sinceridad rigió sus actos
hasta que me vio; siendo como digo,
que no muera. A Claudio le aplicó la ley,
que murió por el acto cometido.
Respecto a Angelo,
su acto no cumplió su mal propósito
y se debe enterrar como propósito
muerto en el camino. Una idea no es un hecho,
y un propósito es sólo una idea.

MARIANA

Nada más, señor.

DUQUE

Vuestra súplica es inútil. Levantaos, vamos.
Acabo de acordarme de otra falta.
Alcaide, ¿cómo es que Claudio fue decapitado
a una hora tan insólita?

ALCAIDE

Así fue ordenado.

DUQUE

¿Por mandato especial que recibiste?

ALCAIDE

No, Alteza, fue una orden personal.

DUQUE

Entonces te despido de tu puesto.
Entrégame las llaves.

ALCAIDE

Perdonadme, Alteza.
Pensé que sería falta, mas no estaba seguro.
Tras mejor considerarlo, me pesó,
y en prueba de ello respeté la vida
de un preso que tenía que morir
según esa orden personal.

DUQUE

¿Quién es?

ALCAIDE

Se llama Bernardino.

DUQUE

Ojalá lo hubieras hecho con Claudio.
Tráelo aquí, que yo lo vea.

[*Sale el* ALCAIDE.]

ESCALO

Me apena que alguien tan sabio y tan capaz
como vos parecíais siempre, Angelo,
yerre así tan burdamente, tanto por pasión
como luego por juicio inmoderado.

ANGELO

A mí me apena causar este dolor,
y tanto hiere a mi alma arrepentida
que antes que perdón ansío la muerte:
es lo que merezco y lo que pido.

Entran BERNARDINO *y el* ALCAIDE, CLAUDIO [*embozado*] *y* JULIETA.

DUQUE

¿Cuál es Bernardino?

ALCAIDE

Éste, Alteza.

DUQUE

De este hombre me habló un fraile.—
Oye bien: dicen que tu alma es muy hostil;
que no concibes nada más allá del mundo
y así moldeas tu vida. Estás condenado,

mas tus culpas terrenales las perdono
y te ruego que emplees el perdón
en bien de tu futuro.— Padre, aconsejadle;
os lo encomiendo.— ¿Quién es el embozado?

ALCAIDE

Éste es otro preso al que salvé,
que había de morir junto con Claudio
y se parece a Claudio como nadie.

[*Desemboza a* CLAUDIO.]

DUQUE

Si a tu hermano se parece, por él
queda perdonado; y por tu dulce causa,
si me das la mano y dices que eres mía,
él también será mi hermano. Pero eso a su tiempo[37].
Con todo esto Angelo siente que está a salvo;
en sus ojos creo ver cómo revive.
Bien, Angelo, tu mal con bien se paga.
Procura amar a tu esposa, valer como ella vale.—
Me siento muy dispuesto a la indulgencia,
mas aquí hay uno al que no puedo perdonar.
[*A* LUCIO] Tú, que me llamaste tonto, cobarde,
dado a la impudicia, necio, demente,
¿en qué he merecido yo de ti
que me ensalces de ese modo?

---

[37] Como se apuntó en la Introducción (pág. 35), los silencios de algunos de los personajes al final de esta escena y la falta de acotaciones sobre sus gestos o movimientos obligan a editores (y a directores de escena) a suplir estas lagunas. Bawcutt señala que la observación del duque en este punto («Pero eso a su tiempo») permite suponer que hermano y hermana reaccionan tan intensamente al encontrarse que el duque no ve oportuno continuar con su propuesta de matrimonio.

LUCIO

Pues, señor, lo dije por seguir la usanza. Si por ello vais a ahorcarme, hacedlo, mas prefiero, si así os place, que me azoten.

DUQUE

Primero, azotarte; luego, ahorcarte.
Pregona esto, alcaide, por toda la ciudad:
si hay mujer agraviada por este lujurioso
(pues le oí jurar que hay una
que dejó preñada), que lo diga,
y él se casará con ella. Tras la boda,
que lo azoten y lo cuelguen.

LUCIO

Lo suplico a Vuestra Alteza: no me caséis con una golfa. Vuestra Alteza ha dicho antes que yo os he hecho duque; no me paguéis haciéndome cornudo.

DUQUE

Te juro que te casarás con ella.
Perdono tus calumnias y a la vez
te indulto de tus otras penas. Llevadlo a la cárcel,
y haced que se cumpla lo ordenado.

LUCIO

Alteza, casarse con una zorra es morir chafado, el látigo y la horca.

DUQUE

Calumniar a un duque lo merece[38].

[*Salen Guardias con* LUCIO.]

---

[38] Sobre la especial sensibilidad del duque a las calumnias y su paralelo al respecto con el rey Jaime I, véase Introducción, pág. 19.

Claudio, da reparación a tu agraviada.
¡Alegría, Mariana! Quiérela, Angelo:
fui su confesor y conozco su virtud.
Amigo Escalo, por tanta bondad, gracias;
después ha de venir algo aún más grato.
Gracias, alcaide, por tu esmero y discreción;
pienso emplearte en un puesto más digno.
Angelo, perdona a quien te llevó
la cabeza de Ragosín por la de Claudio;
la falta se perdona sola. Querida Isabel,
te hago una propuesta que va a beneficiarte.
Si le prestas un oído aprobatorio,
lo mío es todo tuyo, lo tuyo mío todo.
Vamos a palacio; allí os mostraré
lo que aún nos queda y habéis de saber.

[*Salen todos.*]

APÉNDICE

LA CANCIÓN

«Take, o take those lips away...» (IV.i, pág. 128)
[«Esos labios llévate...»]

La música para esta estrofa, de John Wilson, no se compuso en 1604 para la representación de MEDIDA POR MEDIDA en la corte (Wilson sólo tenía entonces nueve años), sino hacia 1625, para el estreno de *Rollo, Duke of Normandy*, de John Fletcher, en que reaparece la estrofa de Shakespeare. La partitura se publicó en *Select musical ayres* (1652), de John Playford, y se conserva, entre otros, en un manuscrito de la Biblioteca Bodleian de Oxford, al parecer supervisado por el propio Wilson. En el texto de Shakespeare se repiten, a modo de eco, las últimas palabras de los dos últimos versos, mientras que en la partitura original lo que se repite son los dos últimos versos completos. En la edición de Playford figura un ornamento vocal en el segundo compás que no aparece en el manuscrito, pero que a veces se canta en el teatro.

E sos la-bios llé va-
te, que dul-ces per-ju-ros son,
y e-sos o-jos, que tan bien
bur-lan a la luz del sol.
Mas mis be-sos vuél-ve-me,
va-nos se-llos de un a-mor.

TÍTULOS EN AUSTRAL CLÁSICA

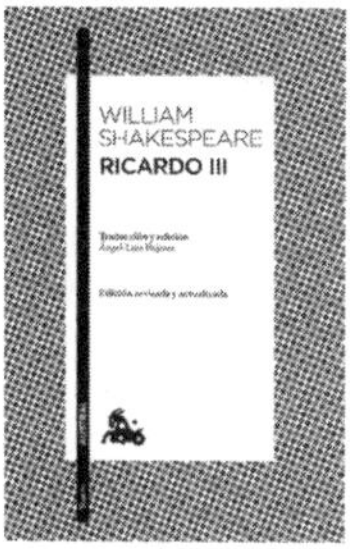

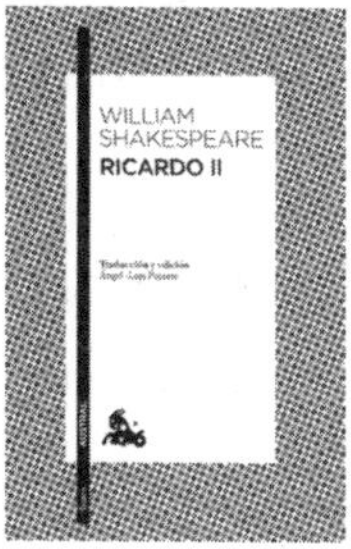

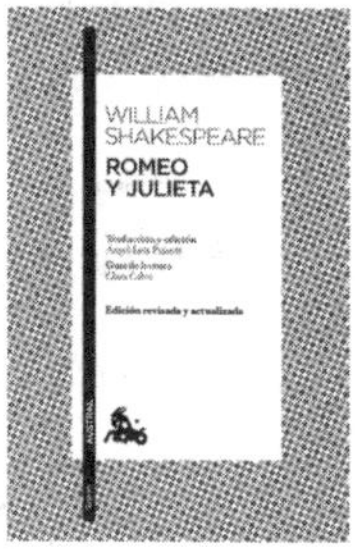

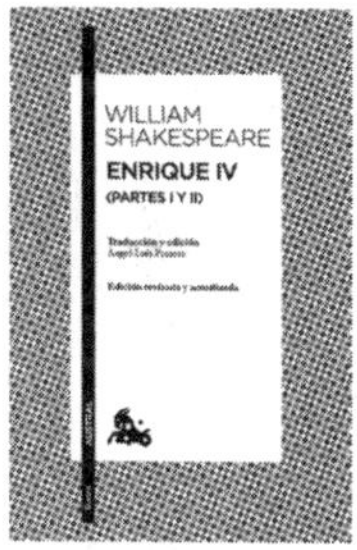

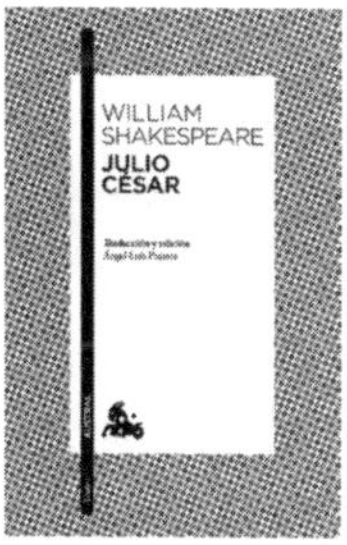

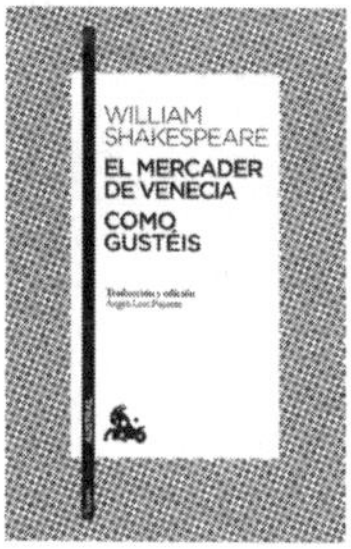

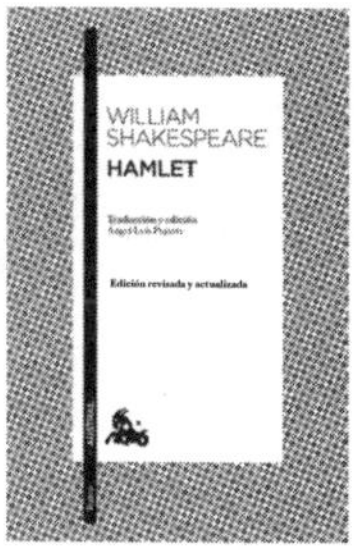

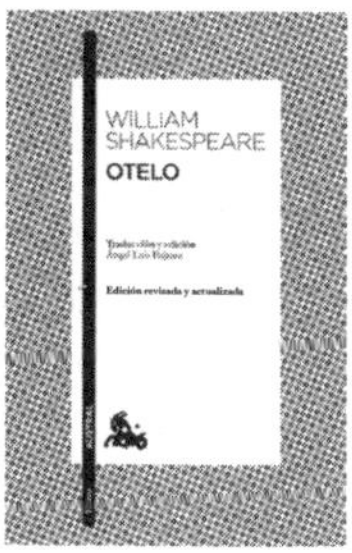

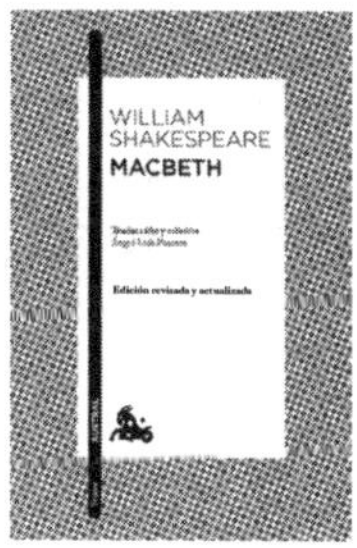

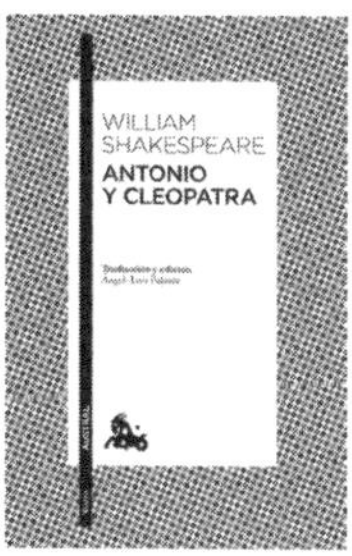

ANTOLOGÍAS EN AUSTRAL

TÍTULOS EN AUSTRAL SINGULAR

TÍTULOS EN ESPASA